Portrait de la mère en veuve

DU MÊME AUTEUR

Aux Éditions Albin Michel

LE CAS DE MARLÈNE Z.
roman, 1985

Gabriele Wohmann

Portrait de la mère en veuve

ROMAN

Traduit de l'allemand par
PIERRE VILLAIN

Albin Michel

Pierre Villain, décédé en juillet 1987, avait mené cette traduction à son terme. Nous remercions Anne-Marie Lionnet, qui s'est chargée de la relecture.

Édition originale allemande :

AUSFLUG MIT DER MUTTER

Traduction française :

22, rue Huyghens, 75014 Paris

ISBN 2-226-03633-4

EN saluant de la main, la mère suit la voiture jusqu'à l'horizon. Une très familière détresse intime s'insinue dans la fille. Si seulement il ne s'agissait que de la compassion pour la mère, désormais seule une fois de plus.

Les enfants adultes négligent leur mère, c'est bien normal et banal. Et puis, c'est fatal. Car les enfants en sont à l'âge qu'on appelle le milieu de la vie, et se trouvent très pris par leur métier. D'autre part, ils aimeraient bien aussi avoir une vie privée. La mère elle-même serait d'ailleurs la dernière à considérer que ses enfants la négligent. Tout au contraire. Il lui suffit de songer furtivement à ses enfants, à n'importe lequel d'entre eux, sans oublier les enfants par alliance, pour se sentir aussitôt attendrie, reconnaissante et rassurée.

Il y a quelques semaines de cela, désireuse de penser enfin, un jour prochain, à ma mère avec la belle sérénité du regard captant plus nettement son profil, j'eus la surprise d'une possibilité imprévue. Pourquoi ne pas avoir eu, depuis très longtemps, l'idée d'écrire sur ma mère? Il n'est pas d'autre moyen de m'occuper d'elle plus à fond. Il n'en est pas d'autre, de toute façon, de la prendre au sérieux avec plus de scrupule, plus d'intensité, plus d'application et d'émotion extrême. La tentative de donner forme à ce que m'inspire ma mère devenue veuve constitue le maximum de ma sollicitude. Mon intention de prendre, autant que possible, jour après jour quelques notes sur ma mère, a ouvert quelques éclaircies dans la grisaille de mes déchirements. En mettant par écrit, peu après notre dernière conversation téléphonique, quelques propos de ma mère, j'ai été toute contente. Il est vrai que les propos de ma mère avaient été joyeux. Après quoi, j'ai mis à l'épreuve ma sensation de bonheur en abordant un moment de découragement de ma mère qui était resté dans ma mémoire. Me crois-tu donc encore capable de devenir un jour un peu plus autonome? Tel avait été le thème de notre dialogue chagrin, trop fugace.

Je serais assez d'accord pour que le processus de la relation adopte la forme autonome d'un texte sur ma mère qui montrerait, dans la biographie de la première phase de son veuvage, le stigmate profond creusé par la mort du père. Quel que soit le message la concernant que je puisse faire passer, elle méritera toujours mieux.

La mère n'est pas une veuve spectaculaire, elle n'est pas marquée par un coup du sort exceptionnel. Les faits et éléments relatifs au décès de son mari correspondent à un cas normal. La mort du père n'a pas été précédée de l'affreux martyre d'une longue maladie. Certes, pendant les deux dernières années de sa vie, il ne fut pas bien portant du tout et dut végéter dans le confinement de contraintes de plus en plus restrictives; cependant, sa maladie n'a pas été de nature à le vider de sa substance, ni à l'altérer horriblement, ni à le rendre fou. Son existence ne fut pas défigurée par des douleurs atroces. Il ne fut pas condamné à perdre la raison. Tout le monde, sauf maman, le croyait menacé d'un accident cardiaque. La fille se voit obligée de la calmer : Crois-m'en, cette mort fut une délivrance. Mais de quoi la mort l'a-t-elle donc délivré? La mère garde le souvenir de journées de douceur et de paix. Un surcroît de privations eût été contraire à sa nature, lui dit la fille. Tu as pourtant raison, jusqu'à sa mort, tout fut encore supportable. Mais, à la longue, papa aurait quand même encore voulu sortir de la maison; quel besoin tout bonnement impératif n'a-t-il pas éprouvé, sa vie durant, de bouger, de respirer à fond et sans inquiétude, et n'a-t-il pas considéré de tout temps, dès lors qu'il était question de lui-même, les indispositions, même bénignes, comme autant d'ennuis pénibles et choquants – sa liberté en était aliénée, tout cela lui était étranger. S'il lui avait fallu, pour un temps plus long, et puis dans une mesure plus large encore, être tributaire de l'aide d'autrui, et en être réduit, le plus souvent, à l'état grabataire, cela lui aurait été un supplice. Dis quelque chose, maman, donne-moi raison, maman, espère la fille à qui sa mère ne donne raison qu'à contrecœur, lui soufflant un simple OUI de courtoisie, dû à l'intimidation et pas vraiment à sa conviction; en ce moment, elle n'est qu'une docile élève particulière de la fille, affligée de graves difficultés d'assimilation et de blocages de l'intelligence. Et pourtant, il a continué encore à tirer grande jouissance d'un tas de choses, dit la mère, et avec quel plaisir, justement en son dernier jour, n'a-t-il pas apprécié le thé. Il était carrément gai.

Ce dernier jour, joyeux, revient souvent à l'esprit de la mère. Est-ce une bonne chose que le dernier souvenir soit un souvenir joyeux? Vaut-il mieux que la mort mette un terme aux horribles râles ultimes, que le dernier souvenir soit le passage de l'épouvante à la miséricorde? Cela ne fut précisément pas miséricordieux que de laisser mourir un père, gai malgré tout, une fois encore. Mais si, réplique la fille.

Elle se sent odieuse avec sa manie de censurer. Elle se trouve parfaitement horrible. Tout en déployant ses efforts pour aider et pour consoler, elle se fait l'effet d'une ergoteuse douée de science infuse, d'une chicaneuse, d'une pontifiante insensible. Pourquoi ne pas, à partir de tout de suite, ne plus dire mot? D'où me vient l'audace de parler, même à ce propos, maintenant? Finalement, c'est maman qui a mille fois raison en réagissant le plus simplement du monde, en s'adonnant à une affliction extrême et pas précisément adéquate. Cette veuve peu spectaculaire est éminemment spectaculaire. Son sort n'est pas pire que celui des autres, il est même meilleur que celui de plus d'une. Pris isolément, il est le pire de tous, pourquoi aussi jeter toujours ces regards circulaires et évaluateurs. Il lui arrive de s'y risquer, et alors la fille l'exhorte, compare donc un peu ton cas, par exemple, à celui de cette femme bien plus jeune que toi et dont le mari, rongé par des tumeurs, a fini par mourir après des années de souffrance tout à fait atroces, il te faudra bien constater que ton cas est aussi désastreux, nullement moins triste, et que cette lamentable manie comparatrice est une ineptie fichtrement vaine et gratuite. La mère a subi le coup le plus rude. Elle a été frappée par la détresse la plus profonde inscrite aux lisières de son existence personnelle. Pour elle, son sort particulier a la dimension d'un événement universel.

De l'endroit où habite la mère, on peut suivre la voiture de ceux qui partent en saluant longuement de la main. Mais non, mais non, elle ne fait pas de ces signes une affaire d'État. Pourtant, l'image de la solitude totale s'impose, à la voir debout, devant la porte du jardin, rapetisser, et comme elle est sortie de la maison chauffée sans enfiler une veste, elle frissonne un peu. Le tableau fait pose. Comme si, par cette prise de vue, un metteur en scène pas trop imaginatif avait voulu représenter la SOLITUDE.

Considérons donc ce tableau, pour une fois, sans clignement d'yeux, ce qui ne ferait que le banaliser. Engageons-nous donc à fond dans la quintessence de ces instants qui suivent nos adieux. Ne cherchons donc pas d'alibis en citant d'autres solitudes autant que possible plus cruelles. C'est celle-ci qui te concerne en priorité. C'est elle, en priorité et en exclusivité, qui est, pour toi, la plus cruelle. Par la suite, tu pourras toujours verser d'autres larmes, après seulement tu pourras laisser jaillir les larmes secondaires.

Nous nous contentons toujours d'apprêter toute chose à notre gré. Le geste que nous appelons SALUER DE LA MAIN évoque, ou peu s'en faut, l'artifice théâtral. Ce que nous pouvons manifester l'une à l'autre, c'est l'artifice du sentiment. La fille embrasse la mère avec excès. Elle la couvre de baisers comme pour un éternel adieu. Elle exhibe sa tendresse à travers une contorsion. Avant d'être une expression, un sentiment doit passer par l'artifice.

L'autre jour, lors d'une excursion dans les contreforts du massif central helvétique, je me suis aperçue soudain que je ne voyais pas cette région comme si, pour moi, elle était un paysage inédit et en quelque sorte conforme à mon choix spontané, et que chacun de ses aspects me semblait déjà usagé. Toute cette nature avait déjà pris une forme d'artifice. Parce que, la veille, nous avions regardé des diapos, la région me paraissait comme découpée et encadrée dans une multitude de diapos. Dans tout cela, j'ai vu la sélection d'un amateur des Alpes, rien que des souvenirs, mais pas de moi. Dans tous ces lieux, je me trouvais pour la première fois en cette journée d'excursion passée en compagnie de ma sœur, de mon beau-frère au volant de la Peugeot 204, ainsi que de mon mari qui, craignant d'attraper le mal des montagnes, s'était payé ce mal, par anticipation, dès notre entrée dans les vallées, tous ces lieux-là, je n'y étais encore jamais allée, mais je m'y suis promenée comme sur un terrain pratiqué avec une routine déjà ancienne. Pour moi, tout cet étalage d'Alpes endimanchées était vain. A leur sujet, il ne me venait aucune idée nouvelle.

Plusieurs semaines après cependant, d'un compartiment des chemins de fer fédéraux d'Autriche, mon regard tomba, quelque part durant le parcours, sur un paysage montagneux tout enneigé, émergeant d'une imagerie bien différente qui illustrait le spectacle de mes pensées et, dans un premier temps, sans aucune relation avec les images du dehors. Depuis Bregenz, je n'avais aucunement prêté attention à la contrée. Avant de m'être assurée et orientée grâce à leurs dénominations, je n'éprouvai rien de particulier à la vue du groupement monumental des cimes simplement anonymes. Il suffit d'ignorer les noms des montagnes couvertes de neige, pour qu'elles nous paraissent aussitôt moins importantes, pensai-je. Les forêts finlandaises, je les ai trouvées un peu monotones. Bonne chose que la lune s'appelle LUNE, qu'on lui adresse chants et soupirs, que poésies, peintures et mélodies la dénaturent, que les sentiments authentiques l'interprètent faussement. N'importe quel corps minéral anonyme dans le cosmos, un de ces trophées voués aux investigations scientifiques, absolument impossible de l'interpeller, de lui attribuer la vertu de dispenser des consolations, le pouvoir de partager peines ou plaisirs. La lune, elle, est utilisable comme un meuble. Les cimes neigeuses ne constituent pour nous aucun souvenir d'elles avant que nous ayons recours à une carte géographique, et je ne m'en souviendrai pas. Les forêts finlandaises sont si exemptes d'histoire. Pour moi, toute cette nature que l'homme n'a ni escaladée ni chiffrée, mais qu'il a épargnée n'est pas autre chose que vaine pompe, affirmation gratuite et simple décor, il faudrait que cette splendeur fastidieuse soit dérangée par un élément altérant pour que mon attention se porte sérieusement sur elle comme sur un objet précieux en péril. Et si ces monts là-bas, en face, formaient le groupe JUNGFRAU/EIGER/MÖNCH, pour autant que ce soit eux, ces célébrités alpines qu'il convient de citer ensemble, ou encore s'ils composaient le tandem ZUGSPITZE/MONT-BLANC, me suis-je dit dans mon compartiment C.F.F.A., alors je nourrirais à leur égard des sentiments authentiques, partagés et contradictoires, à défaut desquels aucune sympathie ne saurait s'emparer de moi, et pas seulement une admiration vaseuse et nonchalante pour l'imposante pantomime à laquelle se livre la nature tout au long d'une quelconque voie ferrée.

A la fin de chacune de nos longues journées paisibles de visite tranquille, ma sœur n'a jamais manqué de nous raccompagner dehors, dans la nuit froide et humide, et, postée sur le trottoir d'en face, elle a suivi notre départ en voiture pour l'hôtel en saluant de la main, eh oui : et ce signe, alors, n'était jamais qu'un chagrin mimé, il était gai, autre facette des saluts adressés à ceux qui partent. Le chagrin à venir lors de nos adieux imminents, avant une séparation prolongée, était déjà inhérent à cette gaieté, parfaitement, mais il était présent, sous forme de jouissance, dans notre jeu mimique.

Les saluts d'adieux de la mère sont, eux aussi, un jeu mimique – et cependant ils ne prêtent pas à rire. Est-ce que cela tient à la différence d'âge?

Au moment de ces saluts de la main, que voulez-vous, la fille a mauvaise conscience, et c'est là, que voulez-vous, une de ses aptitudes les plus fortes, c'est pourtant ainsi qu'il nous faut voir les choses. A l'époque où mon père était encore en vie, les saluts d'adieux étaient souvent presque pitoyables. Nom d'une pipe, c'est que je suis hypersensible à la douleur, que je l'aime excessivement, voilà tout, me disais-je, tout en adressant comme une dingue des saluts d'adieux du genre : tu vois ça, papa, regarde-moi ça, maman, je me penche largement hors de la voiture, le buste suspendu de biais sur le châssis de la vitre ouverte, mes cheveux sont lacérés par la violence du vent, est-ce qu'aujourd'hui, pour une fois, vous vous rendez compte du fol amour que je vous porte, je vous en supplie, enfin pigez-moi ça, maintenant, au départ, après les tendresses une fois de plus beaucoup trop parcimonieuses que j'ai eues pour vous, je vous en conjure, voici pourtant que je l'exhibe dans toute l'abomination de l'oubli de moi, ma belle ruine, cet amour, ce démentiel déversement hormonal, cette déraison la plus raisonnable entre toutes. « Ne crains rien », cela nul ne l'a dit. « Car je t'ai sauvé », cela on a pu le lire plus tard, sur le faire-part. J'ai laissé à un autre le soin de t'appeler par ton nom. Tu es à moi, cela, je ne le lui ai pas soufflé, et tu en es resté réduit à ta propre infirmité de malentendant.

Mais comment est-il donc possible de déclencher, à partir des saluts d'adieux, pareille terreur sentimentale, de monter pareil numéro de cirque imaginaire. Ces petits riens affectueux, ces mignardises risibles, cette affliction mimique – il convient de doser précautionneusement.

Ma mère reste debout près de la porte du jardin, saluant jusqu'au moment où, pour elle, la voiture a définitivement disparu. Pour les occupants de la voiture, la mère est devenue minuscule. Et puis sa silhouette extérieure s'évanouit tout à fait. Ce qui signifie pour la fille que la silhouette intérieure de la mère, grandissante, devient géante.

*

Parce que, comme toujours, cela avait été un bon après-midi, la mère avait exagéré ses gestes d'adieux en y mettant du zèle et de la joie; elle avait voulu faire voir à ses enfants jusqu'à la fin le plaisir qu'elle avait éprouvé dès le début : dès l'attente de leur voiture, guettée derrière la fenêtre donnant sur l'est, dès les paroles de bienvenue émaillées des niaiseries habituelles, et puis à l'heure du café, des gâteaux et des échanges de nouvelles, quel grand avantage aussi avait représenté pour elle l'occasion de soumettre à son gendre, une fois de plus, un ou deux, voire trois problèmes dont elle, toute seule, est incapable d'affronter la dimension monumentale; quel soulagement elle ressent, maintenant, toutes les réponses ont simplifié toutes les questions, nulle part ne se tapit un guet-apens, rien n'est encore irréparable, la voie que doit suivre la déclaration des revenus est clairement tracée, la Sécurité sociale n'a rien de fantomatique, on peut donner un coup de fil au notaire comme au plus commun des mortels, le tribunal d'instance ne mérite pas de provoquer des battements de cœur, la caisse des retraites ne lui est guère hostile, pour les autorités administratives, elle ne constitue nullement un cas unique et légèrement louche, et l'acte de transfert de propriété ne regarde nullement les futurs voisins désireux de construire. Les faits, si troublants avant cette discussion, ne la glacent plus d'épouvante.

C'était une bonne chose également d'avoir avancé en commun, une fois de plus, la mise en ordre de collections de périodiques anciens, le classement de livres, nous avons même risqué quelques approches, et même des effleurements pour lesquels il est toujours trop tôt et jamais trop tard, et par lesquels nous ne faisons pas le moins du monde au père, dans la crainte de sa distance de défunt, le tort de ne plus le traiter que comme une belle entité fêtée et festive. Nous avons, par exemple, été gentils pour lui de la façon suivante : Ces chaussures-ci, au fond, elles pourraient t'aller, non? Et, en cas de gentillesse extrême : Il n'a jamais pris soin de ses affaires, pas vrai? Ces deux bonnets de fourrure t'intéressent-ils? L'un des deux, il ne l'a quasiment jamais porté, il avait à ses yeux tout bonnement l'air trop neuf, eh oui, c'était bien de lui, cela, pas mal bizarre quand même. Le mieux c'est de rire – t'as l'air d'un clown avec ce bonnet, son tour de tête était donc un peu plus petit – le mieux c'est de rire, le mieux pour papa. Pourquoi ne passeriez-vous pas en revue ses serviettes de cuir et ses valises, l'une ou l'autre pourrait peut-être quand même vous rendre service. Prendre plus de courage encore, prendre le père encore plus au sérieux : c'est bien vrai, il s'est suréquipé en tout, il avait la manie du collectionneur, c'est sûr, puisque, aussi bien, il a collectionné des objets qui n'en valaient vraiment pas la peine. Ah non, nous ne le dénigrons pas, nous le chinons tout juste un peu, il ne NOUS A PAS QUITTÉS bordé de noir, conformément à l'avis de décès, il est AU MILIEU DE NOUS, parfois quand même. Ne devrais-je pas faire démonter son armoire à linge, elle ne fait qu'encombrer la chambre à coucher, c'est tout. Quel soulagement, la mère assimile la mort, elle ne traficote pas l'éternité, et l'on peut fort bien, maintenant, intervenir à l'occasion dans ses propos par une poussée de piété. Surtout, ne touche pas à cette armoire, qu'est-ce qui te prend. C'est très tonifiant pour la mère, lorsqu'elle surprend sa fille dans un état exalté qui pourrait être le sien propre : il est du coup, totalement effacé, comme aboli.

A présent, la mère va faire demi-tour depuis la porte du jardin. C'est toujours quand elle se trouve à distance, dans les lointains, que la fille pourtant adulte remarque à quel point les cheveux de sa mère sont blancs. Et quand elles sont ensemble, son âge devient irréel. La mère ne se rend sans doute jamais tout à fait compte que ses enfants ne sont plus si jeunes que cela. Entre autres parce qu'elle n'a qu'un petit-fils. Lequel petit-fils lui-même a déjà entre vingt et trente ans et prépare une thèse. Que le monde est étrange! Sur ce point, la mère ne se fatigue pas trop, aussi sec elle l'acclimate approximativement, en trouvant à ce petit-fils, comme dans son enfance, un air de petit blanc-bec, de monstre impressionnant affublé du sobriquet de SCIENTIFIQUE. Elle n'arrive pas à imaginer tous ces descendants dans le contexte complexe et réel de leurs conditions de vie d'adultes.

Le gendre, installé au volant, ne peut se retourner pour voir la mère, cependant par la vitre latérale, il passe et agite un bras. Cela fait franchement du bien à la mère d'avoir le gendre auprès d'elle. Depuis qu'elle est devenue veuve et qu'il manque un homme, elle estime que les hommes manquent partout. Cela l'étonne et la gêne quelque peu d'être principalement entourée de femmes. Elle aime bien la présence d'un homme, voilà donc déjà une raison qui explique l'effet tonifiant du gendre. La compagnie de ce gendre a toutefois ceci de particulier que le ton sur lequel il parle à la mère est badin et amusant, et pourtant leur conversation roule sur des sujets sérieux, concrets et importants. Simplement, sur la relation de ces deux êtres, il n'y a rien qui pèse. Aucune exubérance n'est réprimée. Aucune appréhension ne vient fausser les gestes ou les paroles. Ils racontent, à la bonne franquette, tout ce qui leur passe par la tête. Leurs spontanéités ne sont ni contrefaites ni contrôlées ni surveillées. Les sketches qu'ils improvisent comportent des rituels aussi subtils qu'essentiels. Ainsi, ils redisent leurs redites, mais sans se crisper, s'enliser dans l'imitation d'eux-mêmes. Avec beaucoup de persistance et beaucoup de naturel, ils demeurent tels qu'en eux-mêmes.

C'est une chance et une bénédiction pour la mère – au moins est-ce ainsi que ses quatre enfants adultes, de même que ses enfants par alliance, apprécient la situation de la mère – primo, d'avoir encore ses deux sœurs, célibataires, secundo, d'habiter si près d'elles, et surtout, tertio, de bénéficier de la bonne entente réciproque qui règne entre elles toutes, du tendre attachement qu'elles se portent, de l'harmonie qui les unit, relations qui, finalement, ont abouti à l'habitude suivante : tous les vendredis après-midi, la mère quitte sa maison et marche, pendant une demi-heure, dans une région encore quasiment agreste, pour arriver à l'arrêt du car, poursuivre sa route pendant une autre demi-heure dans ce car, et se retrouver alors à B., localité de chef-lieu, où habitent ses sœurs. Jusqu'au lundi matin, la mère passe le week-end auprès de ses sœurs. Là-bas, aussi bien dans la maison qu'au jardin, on croit baigner dans l'atmosphère d'un roman anglais de la fin du siècle dernier. Avec le temps, elle se trouve intégrée dans la vie quotidienne des fins de semaine, dans l'ensemble du foyer et de tous ses processus. Quelle chance pour elle, les fins de semaine passées là-bas, quelle heureuse fortune, quelle bénédiction! Quant à savoir à l'avenir, dès qu'il sera possible d'en parler sans enfreindre un tabou, ce qui doit un jour arriver à la mère, la réponse se trouve également dans l'entourage des sœurs et de la maison de B. dont elles ont hérité. Ce serait sans doute assez raisonnable que la mère ne déménage pas seulement pour les week-ends, mais une fois pour toutes, chez ses sœurs. Bah, on en parlera bien un jour. Et ce jour-là, d'ailleurs, est proche. Mais oui. La situation actuelle ne trouve une justification raisonnable que dans le désir d'épargner les sentiments de la mère. Seul encore, le respect de son attachement au père nous gêne horriblement lorsque nous voulons lui causer de cette solution à son problème d'avenir pourtant assez simple et pas si mauvaise. Il va falloir que la mère vende sa maison. Que va-t-elle bien pouvoir faire de tous ces meubles, ces tableaux, cette bibliothèque? Effrayante, l'idée de devoir songer à des répartitions, des ventes, des déménagements et, d'une manière générale : à des décisions.

La mère quitte la porte du jardin, traverse sur le petit dallage le jardinet, se dirige vers les deux marches disposées devant la maison et vers la porte d'entrée restée ouverte. Ce qu'il avait été beau, cet après-midi. Au fond, toute la journée avait été belle, car dès le réveil, la mère s'était dit, toute joyeuse : mais c'est aujourd'hui que viennent les enfants. Elle n'est pas tout à fait incapable de rester seule, elle apprécie même assez d'être seule, mais lorsque la moindre détermination personnelle fait défaut à l'esseulement, il vous serre parfois le cœur. Alors, quand vient le week-end, la mère n'est guère capable non plus de supporter l'esseulement, ce qui lui fait prendre la fuite tous les vendredis. On y a toujours pris beaucoup de plaisir, tous les deux, papa et moi, dès le vendredi, à l'idée du samedi qui venait et, surtout des dimanches, confie-t-elle à sa fille. Eh oui, bien qu'il fût à la retraite depuis belle lurette, nous avions conservé pourtant la sensation de la paix particulière et différente des fins de semaine.

La vie de la mère se règle étroitement sur les dates. Elle n'a pas non plus abandonné la structure bien ordonnée de sa vie quotidienne. Voilà pourquoi elle sait toujours avec beaucoup de précision si, par exemple, tel jour est un mardi ou un samedi. Il n'est pas en son pouvoir, le dimanche, de se fabriquer la sensation trompeuse d'un jour de semaine. Elle ne saurait alors faire du repassage, par exemple, et ce même s'il n'y a plus personne pour lui dire : l'as-tu donc oublié, c'est dimanche, et maintenant l'heure du thé. Bref, il ne reste à la mère vraiment rien d'autre à faire que de prendre tout bonnement la poudre d'escampette, lorsque, le vendredi, les souvenirs chers à son cœur, évoquant d'anciennes habitudes de week-end, commencent à assaillir son moral. Fermons les volets, bouclons les portes, partons dare-dare pour un abri qui me préserve de toi, ma bonne maison, du massif d'émotions que tu enclos, toi, le week-end ici, d'où l'on ne peut expulser le père. Et il faut bien qu'il en soit ainsi, avec lui. C'est dur.

Et les nombreux moments joyeux passés avec le gendre, qui lui accorde des consultations profitables, produisent sur la mère un effet réellement vivifiant. Elle lui a dit tout le plaisir qu'elle ressent à lui trouver cet air impeccable. Je me demande comment tu fais? Sur toi, tout paraît toujours si net et propret. Ce costume est-il neuf? Eh bien voyons, cela va faire bientôt quatre ans que je le porte! Ils adorent ça, tous les deux, cette taquinerie. La mère n'est nullement contrariée lorsque à son tour, le gendre lui signale une tache qui se voit sur sa robe. Ce contraste, l'éloge qu'elle fait de sa tenue impeccable, l'attention qu'il attire sur la tache, elle le trouve régulier, le monde en devient sincère et clair. La fille, elle, quand elle dit à sa mère TU AS UNE MIETTE SUR LA BOUCHE, se trouve odieuse, comme si elle humiliait gravement sa mère et, dans des moments de ce genre, personne dans la pièce ne se sent alors tout à fait à l'aise. La fille a sorti cette banalité de la miette dans un mouvement d'inquiétude excessive. A force de prendre des égards, elle en devient presque grossière. La miette lui semble relever de l'enfance et de la dégradation, d'une défiguration grotesque. Pour elle, une tache de graisse insignifiante devient souillure. Quel délire. Le gendre, lui, ne s'expose jamais à cette sorte de risque.

Il y a trois semaines, la mère a fait un petit voyage, pour la première fois seule depuis la mort du père, et cela veut dire : sans le père, mais en compagnie de ses sœurs à elle. Elle a beaucoup aimé ce temps pourtant court, y apportant pleinement sa faculté de s'adonner à la joie, une fois surmontés ses premières craintes et son manque d'entrain. Eh bien voilà, ç'a été magnifique. Absolument splendide. Il lui faudra en parler encore longuement. Mais sais-tu ce qui m'a manqué?

On a toujours été rien que des femmes, trois femmes un peu trop vieilles. J'ai tout le temps regretté l'absence d'hommes. Quand les femmes sont seules entre elles, elles ne peuvent quand même pas créer une ambiance vraiment sympathique. C'est avec vous deux que j'aimerais bien aller une fois, comme ça, à l'hôtel. La mère estime aussi, par exemple, que dans un café ou dans un restaurant, c'est agréable ou, plus exactement : comme il faut, familier et convenable, que le soin de régler l'addition revienne à un homme. Venant de femmes de son genre ou de celui de ses sœurs, tous les gestes concernant l'argent lui font l'effet d'être maladroits, godiches et, en plus, quelque peu mesquins, même si le pourboire est élevé, mais dans ce cas, elle s'empresse de trouver que la générosité est due au manque d'assurance. Elle se sent encore beaucoup moins à l'aise en compagnie d'un autre type de femmes, celles qui sont conscientes de leur valeur et qui, autonomes, se défendent dans la vie – il lui arrive de les observer de temps à autre avec un soupçon de jalousie, assorti cependant d'une admiration mêlée d'un rien de rejet. Dans certains domaines du quotidien, elle ne se sent en sécurité que sous la tutelle d'un homme.

Finalement, eu égard à cette date délicate et redoutée, la journée s'était quand même révélée pour la mère satisfaisante d'un bout à l'autre. Elle avait approvisionné ses enfants adultes de surplus de gâteaux, tout à fait dans le style des temps passés où il était encore possible d'aider les jeunes de façon concrète et nécessaire avec tout ce qu'on leur faisait emporter et qui pouvait servir de complément à leur ravitaillement. Les surplus de gâteaux donnés à emporter, ou encore ce traditionnel collier de boudin acheté à la boucherie villageoise, où, depuis la mort du père, notre mère n'est plus tellement une cliente intéressante, elle qui n'a que des besoins modestes, d'autres articles de ménage encore, n'importe lesquels, que la mère a peut-être achetés en quantité trop grande pour sa propre consommation ou qu'elle désire offrir aux enfants pour qu'ils les essaient, tout cela, désormais, n'est que pure gâterie dépourvue de raison d'être. Dans la cuisine, à côté du service à café que la fille avait lavé et essuyé en douce, pendant que le gendre dictait à la mère le projet d'une lettre destinée au conseiller fiscal, là, tout près de cette discrète preuve d'amour, la mère découvre le premier petit billet de la fille. Oh, il ne portera pas un message spécialement important, et pourtant : ce minuscule salut insignifiant ne vaut-il pas un message important? La mère en est raisonnablement touchée. Parfois la fille lui donne quelque souci. La fille, et précisément celle-ci – et non la plus âgée dont la tendresse est plus calme, plus raisonnable et même à vrai dire plus agréable –, inquiète la mère assez régulièrement, justement parce qu'elle se fatigue à la réconforter. La fille se fatigue outre mesure, elle-même et, du même coup, les autres. La mère range dans le buffet noir le service à café spécialement choisi pour cet après-midi. Ce faisant, elle imagine déjà les surprises dont elle pourra émailler la prochaine visite des enfants, dont la date n'est pourtant pas encore fixée. Petit à petit, il commence à faire nuit. La belle journée de septembre que ç'aura encore été! Une bonne chose, se dit la mère, de savoir sa fille auprès du gendre en si bonnes mains. Le fils aîné, ainsi que la fille la plus âgée, ont eux aussi des partenaires gentils et affectueux.

Pour le moment, la mère ne veut pas trop s'éloigner du téléphone, car les enfants ne tarderont pas à l'appeler. Il n'y en aura pas pour longtemps jusqu'à leur arrivée chez eux, à la maison. Lorsque, par inadvertance, la fille dit À LA MAISON, voulant désigner par là l'endroit où elle vit et, en plus, aime vraiment vivre avec son mari, elle s'en effraie comme d'une trahison. Est-il donc admissible qu'À LA MAISON signifie autre chose que le lieu de l'enfance, le véritable foyer créé par les parents?

La mère se dit que la fille exagère et force un peu ses sentiments. Voici qu'elle découvre encore un autre billet de sa fille. La fille a écrit ce mot pleinement consciente de la faute qu'elle commettait. Pourquoi ne pas renoncer à tout ce griffonnage sur des bouts de papier et prolonger, simplement, spontanément, de quelques heures mon séjour ici, auprès de la mère? Mais pourquoi aussi me faut-il consulter ma montre, il est quatre heures et demie, et me voir d'avance en train de prendre congé?

La mère vide le cendrier en étain, et elle est contente, parce que, comme souvent, elle se trompe par étourderie : la fille fume décidément d'une façon plus modérée, se dit-elle dans son inaptitude à la suspicion.

Dans la rue, devant la fenêtre de la cuisine, traînent les jouets habituels laissés en plan par les enfants de cette rue, au profit de quelque autre idée de jeu. La mère ouvre un battant. Toujours cet air doux. A l'est, on ne reconnaît déjà plus les sommets des collines. En ce premier mois de septembre après le septembre qui a vu mourir le père, voilà des journées étrangement tendres, courtes et câlines, des journées serties dans une vapeur brumeuse. Vieil or, mat et suave pour quelques heures, dans le cadre grandissant du soir puis de la nuit. Eh oui, ce qui nous attend tous maintenant, c'est le déclin du jour.

*

Je ne sors pas de mon indécision : m'est-il seulement permis de dire NOUS, de dire JE? Tout d'abord, ma résolution m'avait surprise comme un coup de chance. Bien sûr, ce sera d'une précision absolue, et comme je brosserai de la mère, enfin, un portrait entièrement fait de clarté, de douceur et de bonté! Il y sera question de notre excursion au Kranichburg, donc de son plaisir à elle. De l'après-midi passé chez elle, donc de sa quiétude à elle. De l'après-midi où elle est venue chez nous : de ses nombreux moments de vive surprise. De sa sieste sur mon lit : de son expression enfantine pendant son sommeil, et de mon état d'âme littéralement solennel. De sa gaieté ingénue et primesautière qui peut jaillir sans transition ou presque d'une humeur morose et critique. Et comme toujours, elle en a des choses à raconter! Elle a envie de nous relater par le menu la chronique en plusieurs volumes d'une famille canadienne qu'elle est en train de relire, en fin de semaine, chez ses sœurs. Livre vraiment captivant qu'elle lit avant de s'endormir. Dommage que vous ne veuilliez pas lire une fois, vous aussi, des livres de ce genre. En dépit de certaines difficultés à trouver les termes justes, elle n'abandonne pas son propos, elle raconte.

C'est tout cela que je veux décrire. J'aurai du mal à tenir la cadence.

La mère conserve toujours son courrier jusqu'à la prochaine visite des enfants. Elle est fière quand elle en a beaucoup. Ces gens d'autrefois qui écrivent à la mère, la fille, personnellement, ne les connaît absolument pas. Mais elle lit tout. Dans les lettres où il est question de la situation actuelle de la mère, il est toujours fait mention du rôle rassurant que, depuis la mort du père, les sœurs se sont chargées de jouer auprès de la mère. Dieu sait pourquoi ces chers amis ressassent infailliblement à cette veuve, qui, mieux que personne, sait où elle en est, des termes tels que PERTE DOULOUREUSE, SOLITUDE, DURE ÉPREUVE, pourquoi ils accablent la mère d'une nécessité de tenir bon dans la morosité exempte de fantaisie, comme si les jours de survie de la mère, réduits au concept de VEUVE, à l'accomplissement sans joie d'un devoir, étaient à ce point pitoyablement arides – la mère éprouve des sentiments plus variés, tout en perdant elle possède, elle possède la perte, tout cela est, Dieu le sait, suffisamment cruel, mais à qui le dire. De nous autres enfants, il n'est jamais question dans ces lettres.

Quelle que soit notre colère à l'égard de ces correspondants, il nous faudra pourvoir plus fréquemment à des événements vécus en commun avec la mère. Cela lui ferait rudement plaisir de pouvoir répondre à une sympathique personne désireuse de lui proposer quelque invitation : C'est tout à fait gentil à vous, mais imaginez-vous, mes enfants veulent absolument m'emmener au zoo.

Avec ce projet d'emmener la mère quelque part, par exemple au zoo, pour la bonne raison que c'est moi qui me propose d'observer ses joies et tous ses ébahissements, je n'ai même pas mauvaise conscience. Bien que j'empoche mon bénéfice, dont elle ignore tout, bien plus, qu'elle tient pour le sien, c'est avec une reconnaissance attendrie qu'elle croit que la faveur que je m'accorde lui est accordée à elle. Une motivation égoïste bonifie mes gestes d'affection. Valorisation qualitative auprès d'autrui, alors que je suis moi-même au centre de mes complaisances!

L'autre jour, à Karlsruhe, je ne me suis pas sentie en forme, car je n'avais quasiment aucune idée claire à votre sujet. Vous étiez pour moi de simples abstractions de vous-mêmes. J'ai surveillé mon état d'âme. Je ne suis pas arrivée à me défaire du sentiment resté à l'état d'ébauche. En dépit des trois cartes postales que je t'ai adressées, je continuais d'avoir l'impression de ne pas m'être lavée. Sans arrêt, mes mains redevenaient sales et brûlantes. Dans ma chambre d'hôtel, j'ai changé les meubles de place. Et puis, je n'ai pas avancé d'un pouce avec le début de quoi que ce soit. Pour contrer cette panique muette, j'ai sans interruption fait tourner dans ma tête les quelques numéros de mon programme musical normalement assez efficaces. Il m'est revenu que nous n'avions pu te procurer le disque de Lipatti que tu avais tant désiré. Tout ce qui attirait mon attention me paraissait minable. Les exigences trop lourdes qui me guettaient en cette journée m'ont assaillie. A la place du disque de Lipatti, nous t'avions pourtant offert un disque très beau, et tu nous en avais remerciés très vivement, et tu apprendrais à être très contente.

Dans ma recherche de points de repère ou d'ancrage, je ne découvrais rien de crédible. J'ai alors décidé de trouver de l'intérêt à la visite de la ville. Je me suis mis en tête d'avoir envie d'un espresso. Cependant mes besoins fondamentaux ont seulement été prémédités et fabriqués. Certes, au Quo Vadis, j'avais faim, si, si, mais alors, j'ai été incapable de passer une commande au garçon. J'ai repris mes courses dans les rues et me suis sentie comme empaumée devant les feux rouges. Il n'est pas un seul signal qui ne soit braqué sur toi! Tout un système de trucs et de trappes s'est ligué contre moi. Si, jamais encore, je n'ai demandé à ma mère À PRÉSENT, TU VAS ME DIRE FRANCHEMENT À QUEL POINT PAPA TE FAIT DÉFAUT, ou quelque chose de ce goût-là et sans égard pour moi, ce doit bien être un signe de ma misanthropie universelle, me suis-je dit, et cela révèle sans doute ma débilité morale. L'atmosphère de coulisses et le tohu-bohu théâtral de cette matinée à Karlsruhe m'ont écœurée. Ce chassé-croisé scénique imposant des passants de la matinée, ce vacarme de chantier hautement dramatique! Une cité faite d'immeubles et de buildings appartenant aux compagnies d'assurances ou aux caisses d'épargne s'est mise en travers de mon chemin. Des mimiques de pose, au milieu desquelles il ne restait à mes susceptibilités qu'à se donner des airs encore plus importants. Les gens te regardent d'un drôle d'œil! Ils te regardent avec méfiance. Pas étonnant : n'es-tu pas toi-même effrayée par ce visage gonflé que te renvoie, là-bas, le miroir de la boutique dont les vendeuses ont de bonnes raisons de te détester, car en palpant de tes mains les pull-overs exposés en vrac dans l'éventaire, tu les as poissés de façon répugnante. Où que tu passes, tu laisses des traces de souillure. Tu n'inspires à personne rien qui vaille. J'aurais beau encore accélérer le pas, je ne réussirais quand même pas à faire disparaître les traces de ma lèpre, et je ne suis pourtant en fuite devant personne.

Il y avait belle lurette que je n'arrivais plus à me protéger de moi-même ni à me caser nulle part de manière raisonnable. A l'Espresso, la serveuse m'a fait la grimace, sans même me tourner le dos, elle et son copain ne se donnèrent même pas la peine de me dissimuler l'horreur que je leur inspirais. Un vieux patapouf assis à trois tables de distance, qui d'abord m'avait reluquée avec sa bouille de gnome, a pris son couvert, l'a redisposé à la place d'en face et s'y est installé en me tournant le dos, après avoir lancé dans ma direction un ultime regard vengeur, sa grasse figure grotesquement renfrognée. Que penser, lorsque même un grossier personnage de ce calibre ne peut plus supporter de me voir! Même les plus durs à cuire, je leur tape sur les nerfs! Vidée avant même qu'ils puissent alerter le videur, je me suis retrouvée dans la rue, bousculant sur-le-champ une retraitée qui, instantanément, se mit en colère. N'était-elle pas déjà en colère dans la minute qui avait précédé ce tamponnement, comme lorsqu'on possède mal son rôle, à la première répétition? Au moment de la collision avec sa dure corpulence, j'ai senti sa répulsion à l'idée que je la contamine; elle avait hâte de se séparer de moi, lâcha cependant ses cabas, volontairement et du haut de ses bras tendus; elle me trouvait trop peu fautive, il a fallu qu'elle me fabrique une culpabilité. Mes paroles d'excuse ont rendu le son de râles atroces, noyées dans ses criailleries pour réclamer des témoins. J'ai filé à toutes jambes, la retraitée hurlait maintenant pour avertir la police, et tout le monde me désignait du doigt. J'avais atterri dans un décor de toilettes souterraines, d'où je fus éjectée par la préposée, cuirassée, sous sa blouse crasseuse, d'un rembourrage de laine, qui d'un geste violent fit tomber les pièces de ma main comme s'il se fût agi d'une crapuleuse offre de corruption, d'un pot-de-vin, de fausse monnaie provenant d'un casse ou d'un fric-frac. Mais dites donc, vous vous êtes regardée dans une glace? Mais dites, quels sont donc ces projets criminels que vous ruminez dans votre caboche? Vous osez déclarer à voix haute qu'avant-hier, vous n'étiez, simplement, pas vraiment d'humeur à vous occuper de votre mère? Que l'autre jour, le regard de votre mère vous semblait un peu borné? Qui donc vous a dilacérée, vous a écorchée à ce point? Avec la mine que vous avez, vous ne pouvez vous montrer en public. Vous nous répugnez. On n'envahit pas autrui dans cet état-là. Et l'on n'affiche pas pareille assurance lorsqu'on tremble pour la vie et la mort. C'est une question de vie et de mort!

Dis-moi que c'est vrai, maman, que c'est comme ça que tu te sens dans les rues. Karlsruhe : c'est pour moi une scène factice, pas plus. Il y a bien longtemps, n'est-ce pas, que mes cartes postales t'encombrent dans tous les coins, ces nids à poussière, ces facteurs d'inquiétude, mes consolations menteuses, ce fichu monde trompeur; à quelle paix mensongère ne cessé-je de vouloir continuellement t'induire, au profit de quel horrible consentement est-ce que je trahis ta résistance; je t'enferme dans un effroyable cachot d'approbation, au lieu de m'imposer, ne serait-ce qu'une seule fois, l'effort excessif de te permettre – et ce à mon instigation – de t'écrier enfin une bonne fois : Aujourd'hui, je n'en peux plus! Je suis simplement trop faible aujourd'hui pour ma biographie! En plein hiver, par contre je veille à ce que ma mère n'endure pas un joug tout à fait normal, mais seulement la fatigue qui annonce le printemps.

Plus que jamais, je suis rivée à l'impression que toutes ces choses, toutes ces phrases, ne regardent nul autre que moi-même. Tout est exclusivement mon affaire à moi. Tout ce dont je parle ne concerne nulle autre personne que moi : tel est mon sentiment le plus sincère en écrivant. Il suffit que telle ou telle réflexion ne me regarde pas moi seule pour qu'elle m'ennuie et m'impatiente. Ce n'est que bien plus tard que ce ne sera plus mon affaire. Alors, elle regardera tout un chacun, elle regardera tout le monde, sans distinction, tous ceux qui pourront. Et la personne qui sera plus tard la moins concernée par ces pages, c'est toi, ma mère, car comme pour moi, c'est maintenant, ton tour, et maintenant, tu es plongée dedans avec moi, jusqu'au fond.

Et voici qu'au moment précis où je me sens menacée d'une arrestation imminente, qui s'est fait attendre, voici que le facteur m'apporte un message de toi, affectueux, calme, serein, et résumant un événement agréable, une bonne inspiration qui me chope dans cette mauvaise inspiration que je représente pour moi-même. Voici devant moi ta petite photo, tu me souris comme si je l'avais mérité.

Je me trouvais en plein centre de Karlsruhe, pleinement consciente d'être irréversiblement déconnectée de cette journée et incapable de m'occuper de quoi que ce soit, sinon de mon ultime et pénible progression d'une minute à la minute suivante, au beau milieu d'un vide où je n'étais plus accessible qu'au désespoir sur moi-même, qu'à ma propre imitation – et voilà que tout d'un coup, le panneau de signalisation municipal ZOO m'a rappelé le souvenir de nous tous, et, revenant de la longue distance que j'avais prise de moi-même, j'ai retrouvé le chemin des choses simples et naturelles que nous souhaitons. Tu m'es revenue à l'esprit comme quelqu'un de vivant. C'est pourtant moi-même qui t'ai pourvue de ce souhait d'aller VISITER LE ZOO, et que faire maintenant? Former des souhaits ne serait donc plus d'aucun secours? Pourquoi ne pas retenir immédiatement pour ce projet de zoo une date fixe et sûre? Pourquoi ne téléphonerais-je pas sur-le-champ : Il y a ici un zoo, et j'y suis déjà allée à titre d'entraînement. Je pense que vous en serez parfaitement d'accord. Vous n'y trouvez rien à redire, n'est-ce pas? Et je t'entends dire : Quelle bonne idée. Quel casse-tête chinois on se paie, quand même, avant de découvrir une distraction valable pour la mère! Elle-même ne manquerait pourtant pas de suggestions. Allô, maman, en avant toute, on va au zoo le tant! D'avance, je me suis réjouie de l'intonation de ma voix pour le lui promettre. Appeler tout de suite afin que le souhait soit répété, redoublé et très pressant.

L'idée de zoo te rend vierge de toute histoire. Nous sommes tous, en quelque sorte, l'un par l'autre entraînés, la main dans la main. Moi, la fille transfuge, devenue traîtreusement adulte sans toi, je désire revenir sur ma déloyauté, je désire être, comme il se doit, ton petit enfant. En cette journée consacrée au zoo, nous allons nous mouvoir comme si, par exemple, la phrase MAMAN, POUR PEU QUE TU ATTRAPES UNE GRIPPE, TU SERAS DANS UN DRÔLE DE PÉTRIN n'était tout bonnement pas vraie.

Comme tu es confiante, ma mère, et comme pourtant cette fois, enfin, tes souhaits ont encore pu être secourables : maintenant, nous allons faire comme autrefois avec papa, en commençant la visite du zoo par le café du Zoo. Comme il est téméraire pourtant que tu te figures – comme par hasard quand tu songes à tes enfants – que ton malheur est un tant soit peu exagéré, qu'il est le résultat d'une irréflexion vraiment passablement immodeste. Ma situation n'est pas aussi déplorable que celle des éléphants, c'est là ton sentiment. Mais les éléphants ont sur toi une sagesse d'avance, avant même leur naissance, ils se trouvent débarrassés de toute velléité de rébellion et de révolte; toi qui es pourtant la patience même, tu fais malgré tout, comparativement, l'effet d'un être encore franchement impatient; eux se sont accommodés de la pesanteur que tu as tant de mal à supporter, comme ils feraient d'une colique, ils se contentent d'attendre la suite des événements. Toi, par contre, tu as pris, une fois de plus, une de ces décisions subversives, car voilà que tu veux prochainement dévier de tes habitudes vestimentaires en osant porter jupe et corsage. Dans l'attente d'une réprimande, tu scrutes nos visages. N'est-il pas indiqué de conseiller aux personnes qui, à la suite d'une de leurs angoisses habituelles, ont à la fois physiquement et moralement décliné, de retrouver leur paix auprès des éléphants? Donnons donc un coup de fil maintenant, sans tarder, à la mère : Après-demain, le zoo, qu'en dirais-tu? La mère est très contente.

L'invitation à venir au zoo avec nous enferme la mère dans un abri protecteur. Elle a l'impression qu'un univers ruiné, dégagé d'antiques nuages qui en ont été balayés, retrouve sa clarté. Les essuie-glaces procurent une échappée sur le paysage. C'est quelque chose comme une harmonie inespérée. Il y a des soupirs libérateurs. Le zoo : mais dans quel passé beaucoup plus animé avait-ce donc été? N'ai-je pas végété dans l'erreur, dans un état crépusculaire? Inévitablement, par-dessus le marché, le père vous revient à l'esprit, mais au fond, dans le contexte du zoo, sans l'habituelle tristesse qui, ergoteuse, bloque instantanément tout, grève tout, gâche tout. Le zoo ne ferait-il pas partie, par conséquent, des lieux si nombreux que la mère, devenue veuve, doit éviter? Aussi bien, les précieuses valeurs que le souvenir attache au zoo ne sont-elles donc pas à la fois d'une valeur terriblement élevée, et, par conséquent, terriblement dépourvues de valeur? Chère maman, fais plus attention à toi! Sois sur tes gardes. C'est qu'en effet, chemin faisant, je me suis livrée, avec le zoo miniature, à une répétition en vue de la visite au célèbre grand zoo cher au passé de notre histoire commune et où nous pouvons tous nous situer, sans âge déterminé, gracieusement rivés les uns aux autres, sans problème et sans programme. Il faut que tu le saches, maman, ma répétition a mal tourné. Serais-je assez retorse, assez roublarde, ignoble et rustaude, pour te faire cette suggestion, afin que tu sois obligée de nous déclarer : Je préfère ne pas vous accompagner au zoo.

Devant le cagibi de la caisse, j'ai espéré que pour ce petit zoo, la saison serait déjà finie. Il y a cependant eu une femme pour me soutirer le modique prix d'entrée. J'ai avancé encore une petite réserve en demandant LE RESTAURANT EST-IL OUVERT? Le zoo est ouvert toute l'année, ainsi que le restaurant, en l'espèce un café et débit de boissons non alcoolisées. Il ne m'est plus resté de faux-fuyant, et il m'a fallu entrer. Je me suis aussitôt sentie orpheline, privée de frère et sœur, veuve. J'ai été incapable de regarder la moindre bête et me suis presque mise à courir entre les parcs réservés aux cochons d'Inde, aux ovins, aux paons et aux ours malais, et le porc noir originaire du Viêt-nam m'a suivie d'un regard contrarié et entendu. J'ai demandé où se trouvait le café, suis entrée au café, et, à peine arrivée devant une table placée à la fenêtre, je suis ressortie en hâte. A l'autre extrémité du terrain occupé par le zoo, près de l'employé préposé au guichet de sortie, le portrait d'un lion reproduit sur une carte postale m'a fait changer d'humeur. A plusieurs reprises, le surveillant du zoo a lancé derrière moi IL FAUT ENTRER DANS LES PAVILLONS DE TOUS LES ANIMAUX en guise d'avertissement.

A présent, j'y ai été, au café, je n'ai cependant pas su si je devais, oui ou non, envoyer à maman la carte postale. J'aurais beau avaler encore une montagne de gâteaux, cela ne me rassasierait pas! Avant même d'y toucher, le café m'a soulevé le cœur. Compter jusqu'à 10 devant les barreaux et les cages, pour feindre un intérêt, puis m'y exercer, car il est inexistant, il ne vient pas spontanément, il n'existe que dans le dialogue et a besoin de vous autres. Au secours! Maman, ce qu'elle est monstrueuse ma prétention quand je te donne ce conseil : Sois gaie, profite donc de la vie! ici, je ressens enfin moi-même la privation de réalité qui te frappe. Papa, en mourant, a emmené une si grande part du monde. Il n'en reste plus rien du tout. Un père fait défaut. Orpheline de père et sans support à quoi rattacher la grisante et enfantine ingénuité réveillée par le zoo. Sans protection et en l'absence d'une quelconque curiosité, nous sommes, n'est-il pas vrai, des morts vivants, des hémiplégiques, comme après une attaque d'apoplexie. Dans la broussaille, tout près de mes pas, des raclements ont attiré mon attention sur des marmottes qui circulaient en liberté, et j'en ai été dégoûtée. L'indifférence massive qu'exprimait le regard du tigre offert par la maison Peek & Cloppenburg m'a vexée. Les jaguars, comme s'ils le faisaient depuis des siècles et comme s'ils allaient le faire encore pour les siècles à venir, se sont exclusivement intéressés aux barres de fer de leur cage, à leur éternité qui s'écoule sans laisser de traces. Prends ma présence en considération, ai-je adjuré la lionne endormie. Tous ces animaux ne réagissaient qu'à eux-mêmes. Pas moyen de parlementer éventuellement avec l'un d'entre eux. La vue de ma personne n'excite pas même l'appétit de la lionne. Pour elle, je ne vaux pas même, comme proie potentielle, un échange de regards. Moi, j'avais quand même honoré les marmottes d'un dégoût, j'avais quand même mobilisé assez de sympathie pour le faire, j'avais ressenti quelque chose à leur égard : mon désagrément et leur dérisoire insignifiance, et pourtant, je fondais de grands espoirs sur les fauves! Mais ces animaux-là ne daignèrent pas même me mépriser. Es-tu donc vraiment sûre de vouloir risquer la visite du zoo, maman? Et si l'impassibilité des animaux ne te gêne pas, que vais-je bien pouvoir te présenter comme argument? Le souvenir d'un être humain. A l'époque de nos visites communes au zoo, nous réagissions encore, en pensant au père, sans ce déploiement d'angoisse et d'espérance, insouciants que nous étions tous de tenir la mort pour éloignée, ah quelle légèreté : nul qui ne meure sans cesse.

Mais avant même que le souhait ne s'étiole totalement en moi, maman me le rappellera. Ne sois donc pas extravagante, ma pauvre fille. Alors comment ç'a été, cette visite au zoo? On avait pourtant tous vraiment envie d'y aller. Eh bien, comment ç'a été? Oh, c'était bien. Ç'a été drôlement intéressant. Encore qu'on nous montre les principales catégories de bêtes presque plus qu'il ne faut à la télévision. Bien que, pour commencer, l'interminable recherche d'une place où nous garer nous ait lessivés. Il est vrai aussi qu'il y avait trop de monde. Nous avons malgré tout réussi à contempler longuement le lion Roi. Nous avons pu nous laisser aller à un fantasme dangereux, imaginant qu'il n'y avait plus de barreaux, nous félicitant de leur présence. Passage express devant toute la série des singes chers au public. Par ailleurs, que de patience délibérée, même à l'égard de flamants, d'étangs insignifiants, d'espèces animales dociles et communicatives et d'inoffensifs rongeurs chargés de nous accueillir. Il faut qu'advienne le plaisir de la mère, pour qu'advienne le plaisir bien plus grand de la fille et que la fille retrouve sa place dans le monde. Au zoo, la mère témoigne l'intérêt qu'elle prend au monde. Ici, elle n'a pas l'air d'un être humain emprunté. Dans un petit village sis entre le lac de Garde et Vérone, Goethe, soudain, ne se sent plus comme en exil. Le bonheur privé de la fille déborde, lors de cette épiphanie du zoo, courte mais importante, quand elle regarde sa mère – toutefois s'agit-il encore là d'un bonheur individuel, d'un bonheur personnel? La fille se sent prise de vertige devant la sensation de bonheur éprouvée par sa mère, et elle ressent l'exception, ce bonheur collectif, comme un bonheur privé.

Bizarre que pour les éléphants, le temps s'écoule exactement comme pour nous. Et puis il y a tant d'autres choses encore qui sont totalement inconcevables. En ce moment, le fait que je vive me paraît si légitime. Par exemple quand, justement, je suis en train de vous lire le curriculum vitae de l'hippopotame et que vous m'écoutez comme si votre destin en dépendait, comme si votre vie était en jeu, comme si l'histoire universelle tournait autour d'un tel pivot. Il Y AURA ENCORE DES SIGNES ET DES MIRACLES, voilà qui peut exprimer une sensation éprouvée. Pouvoir enfin, sans réserve, NE PAS être en porte à faux, comme l'autre jour avec ma mère, au cimetière. Lorsque avec toi, je m'affairais autour de la tombe, et que j'en avais même, à ma propre consternation et pour mon bonheur, les mains terreuses, mon sentiment était identique à celui du zoo : celui d'accomplir enfin, même moi, le geste juste, merveilleusement simple. L'incinération est une bonne chose, disait maman. Et elle en évite, des choses, que l'on n'a pas besoin de s'imaginer. De toute façon, j'ai l'impression, ici, d'entretenir simplement pour lui ce lopin de terre. Dans la petite géométrie sans prétention de ce paysage de tombes, j'ai ressenti tous les gestes et toutes les paroles de ma mère, à mes côtés, comme une preuve de confiance tout à fait monstrueuse, presque inacceptable, et j'ai pensé JE NE TARDERAI PAS À MOURIR D'AMOUR ET DE GRATITUDE, ivre de bonheur et de douleur que j'étais.

Mais si, maman, on en fera dès demain une réalité, de cette histoire de zoo. Je me réjouis à l'idée de la curiosité non préméditée que j'aurai des animaux et de la curiosité préméditée que je vouerai à tes réactions. Chaque sensation, à chaque instant, naît spontanément. Mes observations ne visent aucune fin précise, n'ont pas de finalité, ne sont ni préparées ni précuites. Il a bien fallu que j'accepte d'endurer la condition d'infirme et la perte d'existence, ces luxations anémiques dues à mon trac, lors de la répétition générale au zoo miniature; mais après cela, je n'aurai plus, en votre compagnie, à souffrir d'un tel état pathologique pour venir à bout d'une journée. La paix que je connaîtrai avec vous aura été précédée de la catastrophe vécue avec moi-même. C'était bien, vais-je pouvoir dire, et même pour l'horreur. Alors le beau lui-même, qu'est-ce qu'il sera beau!

*

Ce qui est beau, c'est que la mère éprouve du plaisir à pouvoir, une fois encore, mettre la table pour trois personnes, ou pour deux, voire pour cinq. C'est beau quand, au jardin, elle oublie de m'indiquer où et comment elle a enterré la caille morte de mon frère et qu'alors je peux le lui rappeler. Et là, elle est contente. Elle a commandé trente pieds de pensées pour le jardinet, mais moi, je n'arrive absolument pas à me mettre dans la tête comment on peut avoir une idée pareille, comment il peut se faire que vous viennent à l'esprit des affaires de jardin, DES PENSÉES, DES PLANTATIONS, DES SEMIS. C'est beau, quand je discute avec elle d'aussi inconcevables préoccupations de jardinage, ou plutôt quand je l'écoute et que je ne lui rappelle PAS ses véritables préoccupations. Une preuve de confiance égale à ton acceptation de ma présence au cimetière, c'est ta sieste dans la pièce même ou dans la pièce attenante à celle où je suis pendant ce temps. Comme on peut bien dormir lorsqu'une personne éveillée se trouve à proximité! Ce qui est très beau, c'est que je me mets en retrait, pour un peu, je pourrais oublier la personne que je suis et me concevoir telle que tu me crois être : je t'accorde de me montrer tes herbes potagères, de me raconter qu'une voisine souffre d'une angine, je te donne raison, mais si, mais oui, la fleur de magnolia exhale effectivement un parfum de citron, patiemment j'étudie avec toi les marques d'origine dans ton ouvrage sur l'industrie porcelainière, et tout cela comme si j'étais concernée. Mais le plus beau, c'est quand je t'accorde un rôle d'adulte : je te fournis une occasion et une raison de me critiquer. Voilà, je me promène comme un monstre en tenue débraillée. Je me balade dans des vêtements en loques, les ourlets de mon manteau traînent par terre à force d'être piétinés, la doublure des manches est déchirée et les mailles filent de partout. Ta supériorité épouvantée me rend heureuse : à présent, je puis être fière de toi. Sa voix est assurée. Elle sait très exactement la manière dont il faut me traiter en ce moment.

Pour le soir, les enfants ont un projet de sortie sur lequel la mère n'a pas posé de question. Sûrement que les enfants lui en auront touché déjà un mot, pense-t-elle. Elle se rend bien compte qu'elle est un peu distraite et qu'elle oublie certaines choses, les enfants le lui disent d'ailleurs, c'est là une critique prudente, formulée pour son bien, et c'est tout à fait ainsi qu'elle l'accueille, mais se concentrer pleinement, elle ne le peut point. C'est, tout bonnement, qu'elle n'écoute pas avec la même attention que le père, autrefois. Ce qui n'a absolument rien à voir avec de l'indifférence. Mais maintenant, elle a fait sienne une suggestion positive des enfants en reprenant l'habitude qu'avait le père d'enregistrer dans son journal les projets et les rendez-vous des enfants.

Comme toujours, la fille a raconté avec trop de précipitation et trop d'insistance dans ses protestations ce qu'ils ont l'intention de faire ce soir. Protestations, rabâchages, inculcations d'alibis : autant de tentatives que la mère tient pour inutiles. Il suffit de lui dire soit que l'on a du temps à lui consacrer, soit que l'on n'en a pas. Les fioritures complémentaires n'ont pas plus d'effet sur elle que le charme d'un conte. Des preuves, elle n'en a que faire. Elle ne met jamais en doute une déclaration des enfants. Il ne lui viendrait pas à l'esprit de soupçonner que l'intention des enfants puisse être de l'esquiver et, d'une manière générale, de soupçonner quoi que ce soit. C'est ce dont elle est tout à fait incapable au sein du noyau dur de la famille. Tout ce qui touche à la mauvaise conscience lui est totalement étranger. La fille, elle, a mauvaise conscience dès lors que la conscience n'est pas assez bonne dans l'une ou l'autre des orientations de la pensée ou du sentiment quel qu'il soit. Éprouver des sentiments moins intransigeants, c'est malpropre et illicite. Si seulement la fille pouvait mettre la même intransigeance à VIVRE!

Dans le journal de la mère, pendant que celle-ci fait la sieste, la fille lit des appels à l'aide naïfs et modestes et qui ne s'adressent à personne, du genre : Je ne sais pas du tout pour quelle raison je suis tout le temps tellement fatiguée. Une fois de plus, j'ai eu tant de mal à me lever et à tout mettre en route.

Tout au long de sa vie, la mère a fait partie de la catégorie lève-tôt/individus matinaux, c'est ce que la fille explique à ses deux tantes, les sœurs de la mère. Elle a toujours été gaie le matin. Quand je descendais à la cuisine pour poser sur le plateau, sans trop d'entrain, quelques bricoles destinées à notre petit déjeuner, elle y était déjà, avant moi, et m'a toujours fait joyeux accueil. A l'époque encore, c'était moi qui, le matin, ne savais pas comment motiver la journée. Maintenant, c'est le contraire.

Les tantes n'en démordent pas; pour elles, le manque d'entrain désemparé que la mère ressent au réveil est conforme à la norme. La tante cadette se demande pourquoi diable, depuis peu, n'importe quoi devrait automatiquement être l'expression d'une affection psychique. Le train-train habituel, la grisaille, l'imperfection, la détresse inconsciente : ce sont là, et l'on n'y peut rien, les matériaux avec lesquels il faut vivre. Il n'y a pas qu'eux, quand même! Tu vois bien, plus tard, dans la journée, la mère est souvent guillerette, et le soir, de toute manière, elle se sent toujours beaucoup mieux et même, au fond, vraiment bien.

La mère donne mollement raison à la tante, continue cependant de lancer à la fille des regards qui quêtent du secours.

La tante aînée qualifie les médicaments de

DROGUES. Elle non plus n'approuve pas le conseil de la fille, selon qui la mère devrait aller consulter le neurologue, un ami, aimable qui plus est. Se précipiter toujours aussitôt chez le toubib, qu'est-ce qu'on y gagne? Ça vous rend hystérique et vous angoisse, c'est tout.

Mais TOUJOURS AUSSITÔT se précipiter chez le toubib, ce n'est pas ce que fait la mère. Elle y va à la dernière minute ou, de préférence, quand il est trop tard. Elle s'estime déjà abusivement égocentrique, voire présomptueuse, quand elle s'avise de mentionner quelque malaise nouveau : Ces derniers temps, à plusieurs reprises, je me suis sentie si bizarrement patraque, un peu comme juste avant une syncope, parfois aussi prise de vertiges, c'est probablement pas grand-chose, mais ça m'a quand même inquiétée un peu. Pourtant, si je n'oublie pas qu'il vaut mieux ne pas me baisser, alors ça ira, vraiment.

Il y a beau temps qu'elle cherche à changer de sujet de conversation. Vous connaissez le nouveau pharmacien, n'est-ce pas? En voilà un être complexé, il me fait presque pitié. C'est qu'il ne veut pas se montrer malgracieux. Et de raconter fièrement : Imaginez-vous que déjà, je réussis même vraiment à le décrisper un peu. J'arrive à le faire parler. Comment cela? Eh bien, je lui ai demandé, par exemple, s'il a hérité de ses ancêtres tous ces vieux flacons et creusets que l'on voit dans sa boutique.

Tout en affichant la petite gêne qui s'impose,

la mère a toujours fière mine et attend la suite. La fille doit d'abord se débarrasser d'une sensation de dégoût, quand elle se représente que sa mère s'humilie devant le pharmacien, en se diminuant, en se sentant récalcitrante à la façon d'une adolescente, lorsqu'elle respecte comme une autorité ce pharmacien qui pourrait être son fils. Après seulement, elle est capable de demander ET QU'A-T-IL RÉPONDU? Il a dit que OUI, rapporte la mère, qui s'aperçoit maintenant seulement à quel point elle a mal réussi en somme à « décrisper » cet être, « à le faire parler », et que la fierté qu'elle en tirait avait été un leurre. Maintenant, après coup, elle devrait se sentir offensée. Elle s'oppose à ce dommage subi dans son corps et son âme du fait du pharmacien. A présent, elle se souvient, honteuse et discréditée, qu'à chacun de ses autres propos « décrispants », il a également répondu, invariablement, par monosyllabes. Il est vrai qu'il n'est pas du goût de la mère, malgré tout, que la fille ait désormais ce pharmacien en exécration. On n'a pas idée d'avoir des réactions aussi hostiles envers un être humain. On se met à la place des autres. Et alors cela n'aboutit jamais sans un brin de miséricorde. Il n'est nullement nécessaire, pour éprouver un peu de miséricorde, qu'on ait d'autrui une vision dépourvue de contours nets, comme si l'on en était séparé par des univers, ni qu'on ne comprenne absolument rien à sa personne.

La fille dit : Pour Sigmund Freud, un être humain est malade à partir du moment où il met en doute le sens et la valeur de l'existence. Par conséquent, maman, le matin au moins, tu es malade. Si, le soir venu, tu te sens mieux, cela concorde parfaitement avec le tableau des maladies psychiques.

Au fond, les gens qu'il faut n'y sont plus, telle est l'impression de la mère.

La mère n'est ni pleurnicharde ni geignarde. Elle ne se plaint absolument pas. Elle est parfaitement capable d'ASSUMER une perte. Et elle peut vivre avec. Mais comment! Tout de même pas si mal que cela. A une vieille connaissance de la mère, une dame qui a ce que l'on appelle de nombreux intérêts particuliers, la fille affirme que la mère ne ressemble en aucune façon au type de la mère poule affairée. Pas le moins du monde! Et quant aux intérêts particuliers, elle en a parfaitement, elle aussi. Et elle a le don de s'enflammer pour tant de choses, même encore maintenant, maintenant de nouveau, avec quelle vivacité elle participe à tout! C'est bien cela qui compte!

Ce qui touche la fille, c'est justement la gaieté de la mère, cette disponibilité qui l'habite. Le moyen de reproduire un tableau si chatoyant, de faire comprendre ce malheur qui n'est pas unicolore à toutes ces vieilles dames déjà veuves ou pas encore, à ces connaissances de la mère qui sont à peu près du même âge et qui pourtant, sans exception, ont des réactions tellement plus atones, à ces veuves d'avant le veuvage, du vivant même de leur époux, et qui, depuis toujours et en temps voulu, ont veillé à ce que leur biographie ne puisse subir de fêlure par trop dangereuse et, il faut bien le dire, tout bonnement mortelle, du fait de l'action extérieure appelée MORT. Comment cela? Interrompue en sursaut, en plein milieu d'une phrase hérissée de tristesse, par la voix de sa mère, la fille a peine à concevoir le petit bonheur que celle-ci lui relate : une complaisance ou deux, consenties par des voisines, ont déchiré les nuages du ciel, transfiguré la journée, structuré le paysage des heures.

De plus, n'importe quoi est susceptible d'amuser vraiment la mère. Si, la veille, le grand et lourd portrait représentant un arrière-grand-père a dégringolé du mur en écrabouillant à la ronde des pièces d'ameublement, si le cadre bicentenaire, de stuc doré, s'est effrité et pulvérisé, il n'y a là plus aucun sens symbolique, aucun signe, aucune catastrophe, et la mère est seulement contrariée, ayant les pieds sur terre, des réactions raisonnables et le sens pratique, elle est contrariée de son propre fait, car, il y a des mois de cela, elle a commis l'imprudence de rafistoler un peu seulement la vieille cordelette, au lieu de la remplacer par un fil de fer. Du coup, le moindre relent métaphysique, le moindre soupçon de présage sinistre s'est évaporé. La fille s'attarde à écrire des phrases sur des biens volés en éclats, désormais morts et enterrés – voilà encore une parcelle de vie familiale de perdue – et la mère est en avance, déjà en train de coller ou de jeter, elle a pris son parti, dans tel ou tel sens, s'est distanciée d'un vain passéisme mélancolique.

Le plus souvent, la mère n'appréciait nullement sa situation réelle.

Une matinée comme une autre, onze heures passées déjà, et le rendez-vous de dix heures pour le bonjour matinal quotidien au téléphone déjà passé depuis bien longtemps! La fille, d'inquiétude, a les nerfs en pelote. La mère n'arrive-t-elle pas à se ressaisir, ne peut-elle maîtriser sa voix, doit-elle craindre que son intonation ne soit pas assez nonchalante, ne veut-elle pas attrister sa fille, ou y a-t-il une raison d'ordre physique, a-t-elle été prise de vertiges, n'a-t-elle pas la force de se traîner de son lit jusqu'à son téléphone – QUE SE PASSE-T-IL DONC? Convient-il donc que j'attende le rendez-vous téléphonique de dix-huit heures, où, selon notre règle du jeu, c'est moi qui dois appeler, mais décrocheras-tu ce coup-là, de quels soucis, alors, vas-tu m'accabler?

Et lorsque la fille, de son côté, appelle sa mère, tout ce foisonnement de terreurs s'évanouit devant le grand étonnement suave de la mère : Ah, imagine-toi, j'ai tout simplement oublié! Il y a d'abord eu le truc suivant, puis tel autre machin; après, il est vrai, je me suis dit MAIS MAINTENANT TU DOIS TÉLÉPHONER, mais à ce moment précis s'est présenté tel imprévu et ensuite tel autre, et après, j'en ai de nouveau perdu tout souvenir. Mais il ne faut pas que tu te mettes dans des états pareils!

Il peut quand même toujours se faire que, simplement, on n'en trouve pas le temps!

La fille doit vraiment souhaiter instamment à la mère qu'elle oublie de téléphoner. Il n'y a guère, en effet, de meilleur symptôme du bon état de santé de la mère. A moins qu'un matin, il n'arrive quand même quelque chose.

La fille est largement pourvue de possibilités de se sentir fautive à l'égard de la mère. Sans doute que la mère, elle, s'accommode tout à fait correctement des sentiments qui vont de soi, elle vit la solitude routinière du veuvage sans avoir recours à des artifices, sans connaître les états d'exaltation avec lesquels je m'en sors mieux, je m'en sors mieux avec les morts qu'avec les vivants, je profite davantage d'eux depuis qu'ils ne sont plus là pour occasionner des angoisses, je puis écouter un bulletin météorologique sans trembler pour la santé du père, et eux profitent davantage de moi, je suis devenue plus calme, je suis plus facile à vivre. La mère ignore cette sorte de ménagement, elle préférerait trembler pour le père quelles que puissent être les conditions atmosphériques, mais en réalité, elle n'a jamais vécu avec lui de cette façon, pour tout dire, elle n'a nullement tremblé pour lui. Elle est honnête et vit plus volontiers avec les vivants. Moi, par contre, chaque décès me libère encore un peu plus. Il en résulte des probabilités de compréhension de plus en plus grandes. C'en est fini entre nous du provisoire qui blesse et qui surmène. Désormais, on y voit plus clair. Plus besoin, désormais, de tout répéter, réviser, renouveler, réaffirmer. Je suis plus proche des termes définitifs. Cependant : DO NOT DIE! Cette voix-là est quand même aussi la mienne!

Une fois de plus, la mère a tout simplement oublié de téléphoner à l'heure convenue, elle en fait aujourd'hui l'aveu un peu honteux, mais elle est bien loin de se douter des heures de riche récompense dont elle a privé sa fille en cette matinée : la mère en effet, avant d'oublier totalement de téléphoner, avait voulu faire savoir de façon très pressante avec quel sentiment de bonheur elle s'était endormie la veille au soir, encore tout imprégnée de l'euphorie qui s'était emparée d'elle lors de sa longue excursion en tramway pour aller chez les enfants. Ce que c'était bien chez vous. Ce qu'il était exquis, le café, à peine un tout petit peu trop fort, mais je l'ai malgré tout quand même bien digéré. Et le gâteau alors, j'en ai eu tellement mon content qu'après, je n'ai pu que très tard dans la soirée, devant la télé, prendre encore quelques fruits, tu te rends compte! Et les pruneaux à l'armagnac m'ont franchement rendue pompette pour un bon moment, et une foule de bonnes choses joyeuses de cet ordre que la mère avait voulu communiquer.

Elle est gaie, alors que je l'avais imaginée déprimée. Je sens par moments, mais régulièrement, qu'en écrivant, j'élabore déjà trop la mère, que je la métamorphose, ou peu s'en faut. Je vois avec une netteté croissante la suite de son veuvage, mais, de plus en plus, sous mon seul angle personnel.

Je vise à me fabriquer mes plaisirs intellectuels. Je veux toujours gratter. Quand je n'y réussis pas, je me pétrifie, eh oui, il ne reste de moi, sur le bord de la route, qu'une sorte de pierre, de lourd scarabée pétrifié, au terme de mes mouvements.

Une fois de plus, durant le rapport qu'elle adresse au gendre, la mère s'embrouille dans les allocations, les caisses de Sécurité sociale, les formulaires, les attestations et les services qui lui ont envoyé de l'argent; elle confond une convocation ou une demande à remplir, mais est tout ouïe pour écouter les instructions. Et lorsque, exceptionnellement, il lui est même arrivé de ne pas confondre deux choses et de procéder correctement, elle en est fière. Elle est contente d'avoir respecté les délais. Elle est toujours d'avis, quand une facture se fait attendre, qu'elle doit l'exiger par une lettre de rappel. Les factures, ma mère, viennent toutes seules, voyons. Mais on n'y peut rien, elle se sent mieux quand elle a payé. Elle n'en déclare pas moins : Bien sûr que je paie dans le tramway, je ne veux quand même pas me faire épingler, quoique – je veux dire que personne ne vient jamais, pas vrai, on a presque du mal à s'acquitter de son dû, c'est pareil au Grand Magasin, vous n'avez pas idée des kilomètres que je dois faire avant de trouver quelqu'un qui veuille bien encaisser mon argent.

La mère ne sait pas trop si ça l'amuse, ou si

elle trouve ça un peu révoltant et pas exactement applicable à elle-même, mais au fond, cela l'amuse tout de même : le gendre a lu quelque part que chez la femme, l'éthique juridique serait moins fortement développée que chez l'homme. La preuve pour toi : le billet de tramway. La mère joue maintenant avec le gendre au jeu de la dame pincée, et elle s'en délecte. Tu paies non parce que tu ressentirais que tu en as l'obligation. Qu'il t'incombe de participer un tant soit peu au financement dans le domaine du bien public. A la prestation dont tu bénéficies. Au fond, tu n'éprouves nulle envie de payer. Seulement, tu ne veux pas payer d'amende. La mère approuve vivement. En aucun cas je n'aimerais être humiliée par une espèce de contrôleur. Et tu sais bien, tous ces gens qui sont toujours là pour assister alors à la scène.

Tous deux font causette. Rien n'est important. Et tout est important. Depuis que la mère a commencé d'aller voir les enfants dans l'après-midi, la fille s'est trouvée en proie à une panique sentimentale. A présent, la situation se stabilise. De la panique sentimentale éclôt cet instant, ce bonheur, la mère a l'air si bien à l'abri. Tel est le bonheur véritable et raisonnable, le bonheur qu'on sent à propos d'autrui, le bonheur qu'on sent pour autrui. La fille doit éviter un bonheur qui lui soit propre et qui ne concerne qu'elle-même. Elle ne sait même pas exactement en quoi il consiste. Il lui vaut seulement d'avoir mal aux cheveux, comme après un abus de substances toxiques. Maintenant, après son accès d'émotion, la fille peut de nouveau respirer à l'aise.

Mes réactions à l'égard de la mère sont si changeantes. Quand je repense à ce joyeux après-midi passé en sa compagnie, je perçois les sentiments que j'avais tissés autour d'elle, qui l'avaient hermétiquement enveloppée comme dans un cocon, dans une sombre absurdité. C'est sûr, il me faudrait trouver des expressions beaucoup plus incidentes, beaucoup moins pesantes, à vrai dire presque gaies. Comme elle était alerte! Intéressée, amusée, émoustillée, émoustillante elle-même! Il ne faut en aucun cas que l'intonation soit larmoyante. La plainte douloureuse d'une mélodie en majeur chez Schubert, et, comme chez Schubert, un lied en mineur qui tienne aussi en même temps un joyeux discours. Ce doux synchronisme confiant.

Par la suite pourtant, dans la matinée du surlendemain, je suis bien obligée de considérer de nouveau que la mère est déprimée, à tout le moins mal lunée, elle est nerveuse, se sent également fatiguée, manque d'entrain – ou bien s'agit-il là de mes propres troubles auditifs? Mais aussi quel est donc ce ton sur lequel je lui parle! N'ai-je donc pas d'autre choix que de la rudoyer avec mes remontrances, ou de refuser de la prendre au sérieux avec ce bêtifiant langage de bébé dont j'use comme par condescendance et par indifférence? Quand même, je n'en finis pas d'être crispée à son égard. Comment puis-je lui en vouloir quand il lui arrive de ne pas me prendre sous ses ailes protectrices en m'annonçant de bonnes nouvelles? Quand, pour une fois, elle ne me dit pas : Ce que j'étais contente en m'endormant! Quand, tout simplement, il n'y avait rien à la radio qui fût à son goût. Incroyable que les banalités tout à fait normales, dont il est pourtant tout à fait normal qu'elles colorent la vie quotidienne, m'excèdent et m'impatientent méchamment quand il s'agit d'elle. Une fois de plus, la possibilité d'un discours calme et serein sur son compte a pour moi totalement tari.

*

A la télévision, la mère a vu un film sur les vertus de la solitude, et ce navet mensonger l'a passablement écœurée. Pourtant, elle ne se débrouille pas trop mal pour se rendre l'existence agréable. Elle assure aux enfants que, même en ce soir anniversaire, elle ne se morfondra pas. Elle nous fait des saluts d'adieux, et reste debout près de la porte du jardin, comme si cela comptait. Et cela compte. C'est exactement ainsi qu'aux côtés de papa, elle a toujours persévéré patiemment. Saluer des mains jusqu'au bout. Elle maintient cette tradition, une parmi d'autres. Dans sa nouvelle vie sans le père, il y a, en effet, des choses que l'on n'a pas besoin de lui rappeler, ce sont les gestes et les coutumes observés à l'époque de la vie commune avec papa. C'est le programme pédagogique d'une tendresse consciencieuse, quasiment maniaque, mais quand même retenue et timide. Seule maintenant, elle continue de pratiquer discrètement, parfois scolairement et comme soucieuse d'attraper une bonne note, la leçon apprise du père. Elle n'a pas eu de peine à le faire. Il n'est pas vrai pour autant que, dans les expressions, gestes ou actes de la mère, tout soit un héritage du père. Elle a bien des idées à elle. Au cours de cette première année vécue sans le père, la mère, maintenant, surprend souvent ses enfants par l'autonomie de ses inventions et pratiques dans le domaine de l'affection familiale. Vaste domaine, jamais arpenté, jamais jalonné! A l'amour qu'elle porte à ses enfants, la mère ne trace pas de limites, en deçà desquelles elle pourrait mener une existence bénéfique pour elle, plus profitable pour elle, et lui convenant davantage. Cela ne lui viendrait jamais à l'esprit et elle ne l'a du reste jamais appris : songer à elle-même, si peu que ce soit, et ne fût-ce que d'une façon mesurée et un rien pragmatique, ponctuellement tout d'abord, pour voir. Quand, en un geste simple et spontané, elle offre un bel objet qui faisait partie de son intérieur, c'est à elle-même qu'elle offre un présent. Mais sans grand déploiement de paroles. Pas trace d'abandon de soi qui vous coupe le souffle. Point de sentimentalités. Point de sacrifice déclamatoire.

En abandonnant le voltaire, ce meuble de

famille, revêtu de cuir, auquel s'attache un intérêt affectif bien plus déterminant pour elle que la valeur en espèces sonnantes et trébuchantes d'une antiquité exceptionnelle, il lui faut quand même faire quasiment des adieux douloureux. Rien de plus naturel! Il n'y a tout de même pas lieu d'en faire toute une histoire. Pas de comédie. Je suis heureuse de savoir que, désormais, ce fauteuil se trouvera chez vous. Il n'empêche, après tout, que je l'aimais bien. Je revois devant moi tous les locaux qu'il a meublés autrefois, tous ces angles de pièces habitées dans un passé heureux. Puisque ce dont se souvient la mère est le passé vécu avec le père, ce passé est toujours positif, même lorsque les apparences en furent mauvaises. Et qui donc aurait bien pu montrer la voie de l'égoïsme à la mère? Tout de même pas cet homme doux et sensible qu'était le père. Et puis, reculant avec épouvante devant cette matière, elle aurait été la plus médiocre des élèves.

Nous avons passé la nuit de la Saint-Sylvestre avec la mère. A faire savoir à la ronde. Est-ce que je souhaiterais, par hasard, recueillir ici des louanges? Comme si, pour cette nuit-là, ce n'avait pas été la solution unique, la meilleure et la plus heureuse pour la mère, et pour cette raison précisément, pour moi. Je ne puis me reposer sur le sentiment qu'une fois de plus, pour des heures, cette fois-ci en vertu du concept JOUR DE L'AN, la mère a été pourvue de la sollicitude requise, d'un refuge, de plaisir. Je me lève et constate que tout est inachevé, instable, fragmentaire seulement, pas satisfaisant. Tout demande à être perfectionné. Le rapiéçage est de nouveau mis en pièces. Comme autrefois, je plane toujours dans les solutions provisoires.

La fille s'aperçoit qu'elle-même, ce personnage problématique qu'elle est, ne joue plus guère un rôle de premier plan et ne se manifeste guère, depuis peu, ne serait-ce que pour elle-même, quand elle est en compagnie de sa mère. Tant elle est curieuse, étonnée et vulnérable, tant elle est absolument concentrée sur l'observation de la mère, tant elle éprouve de la souffrance et du bonheur. Sa façon de me causer et de se comporter avec moi, sans préjugés, me modifie, c'est un fait. Je ne lui pèse pas lourdement sur le cœur. Tout au plus, elle me trouve un peu étrange, notamment pour des raisons extérieures. Elle m'attribue sa classe d'âge, le rôle d'une amie de jeunesse, tant elle se sent rajeunie, et d'autre part, au même instant, elle me métamorphose en enfant sans âge déterminé. Et puis, après un autre mouvement, c'est elle qui est l'enfant, sa vie est conditionnée par l'environnement, et par nous aussi.

Encore un de ces 1er janvier, le second sans le père. Un jeudi insécurisant, altéré en dimanche. Même sans éprouver le sentiment qu'il faille faire ses adieux à l'année révolue, vraiment sans éprouver la moindre mélancolie – car cette année, que fut-elle donc? – et sans éprouver cette sorte de respect cérémonieux des débuts, au cours des premières heures du Nouvel An, n'aimerait-on pas sentir quand même en soi au moins l'annonce d'un changement, d'une amélioration? Même le temps est toujours semblable à celui d'hier, d'avant-hier, depuis lors. Nulle chute de neige qui vienne soudain t'écarquiller les yeux, tu ne peux t'exclamer EH BIEN, C'EST DONC ÇA, surprise et réveillée par un spectacle nouveau, aucune giboulée glaciale qui te fasse changer d'humeur, et le vent vient toujours du côté habituel. N'est-ce pas partir en voyage qu'il faudrait?

Pour ce qui est de la neige, la fille a des projets en tête. La mère connaît l'hôtel en question depuis deux mois, et lors d'un bref séjour en compagnie de ses sœurs, elle y a été quasiment heureuse. Elle aimerait mieux encore – et elle s'en est rendu compte tout au long de son séjour – pouvoir y aller un jour avec les enfants. Il suffirait que je dise maintenant : Et si nous y allions à trois, pour une petite semaine. Pas plus. Sous le coup de la joie, la mère éclaterait de rire.

C'est si proche, c'est si facile à attraper, un bienfait pour la mère, il traîne par là, à portée de la main, je n'aurais pas même besoin de me pencher pour le saisir et le transmettre – et je ne bouge pas. Quiétude on ne peut plus sordide de ma conscience, puisque aussi bien, la mère ne se doute pas de cette chance que j'ai laissée inexploitée. Elle ne se doute pas de ce qu'elle rate à cause de ma mollesse morale. Elle me trouve suffisamment affectueuse comme ça. Voire presque trop affectueuse. En lui donnant légèrement trop peu, c'est pratiquement comme si je ne lui donnais rien du tout.

Voyons, qu'est-ce que je vais bien pouvoir faire le Jour de l'An, s'est demandé la mère, je peux difficilement songer à me promener toute seule. La fille et le gendre déclarent qu'elle le pourrait fort bien, et, de leur côté, sont allés se promener. La mère en est très contente.

Quand je pense à ma mère, c'est beaucoup à son corps que je pense. Elle croise les bras et se recroqueville un peu. Autrefois, elle me semblait grande. A présent, elle me paraît petite. C'est à peine si, pour quelques minutes, je peux la voir d'un œil objectif. Ses mains sont presque décharnées; au fond, je ne devrais pas le remarquer, pas plus qu'autre chose : soudain, je m'aperçois que quelque part, son front est d'une telle pâleur que la peau semble transparente, sa nuque est si frêle, tout cela compose un corps, tout cela est mortel. Mais en réalité, je n'arrive pas à me défaire de la certitude qu'elle aussi, elle aussi bien que moi, est immortelle. Je me souviens du corps. Elle est un corps. Elle est une enfant. Mais elle va sur ses soixante-treize ans. Elle ne veut pas que l'on en parle dans le journal. Tout d'un coup je l'affectionne, un peu comme un père affectionne son enfant, avec le souci douloureux qui fut celui de mon père, à peu près en ce sens : accorder de bon cœur, constamment avec une instance extrême, le maximum à cette enfant, à ce cher petit corps tourmenté.

La mère n'a pu faire ni la dernière promenade de l'année, ni la première promenade de l'année nouvelle. Au lieu de quoi elle a procédé au remplacement des anciens calendriers par les calendriers nouveaux. Elle ne s'est pas trouvée, peu avant la tombée de la nuit, au milieu des teintes graves, brunes et grises, de la forêt, ce difficile refuge pour période transitoire. J'aimerais que ma plume coure en traits ciblés, en droit fil, en rythme fluide aux côtés de la mère, à sa suite et, pourquoi pas, devant elle. Longeant un tracé, celui de son curriculum de veuve.

Hier, la mère ne savait pas comment elle pourrait meubler d'une quantité de points de repère cette journée d'aujourd'hui, première de l'année. C'est un jour de fête, après tout! On ne peut pas faire d'emplettes, je pourrais bien aller enfin au cimetière, depuis le temps que je n'y ai pas mis les pieds. Seulement, c'est toujours une telle expédition. Et puis je n'ai pas fait attention, avec cette date du 6 janvier, de l'Épiphanie : ce jour-là, je ne veux tout de même pas aller chez le médecin, je n'y ai pas pris garde quand il m'a proposé ce rendez-vous, je me décommanderai. Mais pourquoi donc? Quelle question, déblatère la fille contre elle-même, puisque j'en connais la réponse. Pourquoi? Parce que ce jour-là, pour la dernière fois, nous voulons nous réjouir au spectacle de l'arbre de Noël, comme tous les 6 janvier.

Ce jour-là marque la fin du temps de Noël. Et la meilleure des fins est celle qu'on célèbre en compagnie des enfants.

La mère est régulièrement disposée à changer d'humeur sur-le-champ, et toute pleine d'une joyeuse reconnaissance à l'idée que les enfants vont la pourvoir d'un projet. Ce projet peut bien être encore vague. On va entreprendre quelque chose ensemble, peut-être chez nous, ne t'inquiète surtout pas. Pourtant, elle n'appréhende rien du tout. D'avance, elle se sent à l'abri, en sécurité. Tout va bien à nouveau, le TOUT diminué des années de veuvage. Les tantes ont pris l'avion pour aller passer quelques jours à Londres. Elles n'ont pas encore envoyé la moindre carte postale. Oh, ce n'est pas un reproche! La mère n'oserait pas formuler un grief en son cœur. Seulement voilà, elle est un peu attristée. Elle préfère ne pas trop se rendre compte de la nature de ces sentiments.

Quel manque d'attention de la part des tantes, s'interdit de s'exclamer la fille, qui pressent toutefois que précisément une distraction de ce genre est bon signe. Qu'on puisse déjà se permettre, maintenant, de négliger quelque peu la mère est fait pour détendre les esprits. Les tantes introduisent dans la vie de la mère une sorte de désinvolture. Sans façons, elles font le rapprochement entre la tristesse due à la mort de leur petit toutou et la tristesse éprouvée lors de la mort du père. Voilà qui est placide, voilà qui est sincère. D'étranges initiatives des tantes prennent la mère au dépourvu et l'entraînent dans des entreprises légèrement aberrantes et aventureuses. L'autre jour, ne sont-elles pas allées à trois, par petites étapes et à bon compte, jusqu'à Ulm, à coups de correspondances ferroviaires multiples et de plusieurs trains rapides? Quelle drôle d'équipée, rapporte la mère, avec votre père pareille pérégrination eût été impensable. La fille s'étonne d'avoir une mère tout étonnée de découvrir la gare centrale de Stuttgart à minuit. Ce n'est guère le style de la mère, mais cela ne peut guère lui faire de mal.

J'espère qu'aucun d'entre vous autres enfants ne sera contrarié si j'envisage éventuellement d'aller plutôt au lac Majeur avec mes sœurs, s'enquiert la mère, précautionneusement. La voilà qui s'imagine avoir à s'excuser, parce qu'elle n'acceptera pas des invitations que les enfants proposaient du bout des lèvres. Elle déclare : Cela me permettrait quand même de visiter encore une région qui m'est totalement inconnue, le Tessin. Et les hautes montagnes enneigées de Suisse!

La fille n'en croit pas ses oreilles, pendant toute une journée, comme obnubilée, elle trimbale la phrase : Les hautes montagnes quand même manquaient encore à ma formation. Une phrase de la mère. Les tantes lui apprennent à éprouver une autre curiosité pour le monde. Elle prend la chose aisément. Elle reprend à son compte une sorte de grâce. Pas croyable tous ces mots nouveaux qu'il faut maintenant s'aventurer à fréquenter.

Le dîner convenu d'avance est apprécié par les

invités de la mère, ses enfants. Ils ne tarissent pas d'éloges. Et la quantité y est-elle aussi, cette fois? Je finirai bien par m'habituer à nouveau à des portions saines comme celles-ci. Ne pourrions-nous pas faire de même une fois par semaine? Chaque semaine un repas? La mère n'attend pas de réponse définitive à la proposition. Mais elle aimerait bien en recevoir une, c'est sûr. Et n'aimeriez-vous pas qu'à l'avenir, je vous fasse la lessive? Puisque aussi bien, vous vous plaignez sans cesse des mauvais traitements que la blanchisserie fait subir à votre linge. Ce serait rationnel et raisonnable. J'ai bien le temps pour ce genre de choses, n'est-ce pas? Mais malgré tout, il est loisible aux enfants d'opposer un refus net à cette offre, car on peut ici avancer la nécessité de ménager la mère.

La mère dit : Le champagne, quel délice tout de même. J'espère que vous n'avez pas dépensé trop d'argent. A la télévision, pendant une heure, nous regardons le spectacle de cabaret programmé pour la Saint-Sylvestre. La mère va encore chercher une assiettée de pâtisseries. On est bien, dit la mère. Comme ça, à trois. Plus tard, dans la salle de séjour, la mère n'a pas commis la moindre indiscrétion, et ne peut tout simplement pas avoir créé de malaise pénible quand, le plus naturellement du monde, elle a lancé comme ça, de façon aussi impromptue qu'appropriée à l'ambiance, J'AI BIEN DE LA CHANCE DE VOUS AVOIR AVEC MOI. De façon non moins impromptue, avant même que retentissent toutes ces cloches riches de sens, avant même l'heure de ces démonstrations et de ces gestes qui s'imposent cette nuit-là, elle a, par-derrière, serré dans ses bras son gendre alors assis et, sans façons, l'a précipitamment couvert de bisous comme un bambin. Unique sa capacité de montrer son amour. Sur ce plan, elle ignore la gêne, ce qui justement la gêne un peu, embarras qui rend ses affectueuses agressions convaincantes et séduisantes.

*

A mesure que je pénètre la réalité de la mère, il me semble voir grandir la difficulté – sinon la quasi-impossibilité – de lui consacrer de ces phrases descriptives qui feraient tout le tour de sa personnalité. Mais je ne suis plus saisie de vertige à l'idée d'écrire une analyse qui serait privée d'âme, car mon analyse est devenue le contraire. Je ne trouve plus que ce soit d'une arrogance monstrueuse d'utiliser la perception de la mère comme matériau de travail. Je me sens pleine d'une affection comme jamais jusqu'à présent je n'en avais connu, pleine aussi d'une toute nouvelle gaieté, par exemple quand je dépose dans mes dossiers de travail une carte postale de la mère, après en avoir fait mon usage personnel. C'est incroyable comme désormais, je prends enfin la mère au sérieux. Je me soucie de la mère d'une façon qui, pour la première fois, est vraiment universelle.

Sur quoi d'autre me serait-il donc permis d'écrire? Quel autre sujet, hormis elle, ne serait, en ce moment, dispersion, propos insignifiant, trahison, pure et simple affirmation creuse?

Je suis honteuse de constater que dans l'atmosphère sécurisante de mon enfance et dans les années d'étourdissement qui ont suivi, je n'ai jamais écouté mes parents attentivement, ne leur ai jamais posé de questions plus précises lorsqu'ils parlaient de leurs antécédents, à supposer qu'ils l'aient jamais fait vraiment – sûrement est-ce par discrétion qu'ils ne l'ont jamais fait suffisamment à fond, sûrement est-ce par crainte de nous ennuyer ce faisant. C'est bien fragmentaire ce qui me vient à l'esprit sans avoir procédé à des recherches.

Après le bac, la mère s'est engagée dans des entreprises passablement émancipées pour l'époque d'alors. Elle a quitté le foyer parental pour suivre des cours de secrétariat. Pendant la même période, elle a pris des leçons de chant. Quel a bien pu être le bureau où elle a travaillé, quel a bien pu être le niveau de l'examen passé préalablement, dans cette petite ville thermale, en sous-location partagée, peut-être avec une amie – et quand, en ce temps-là, elle se mettait à rire, cela devait résonner exactement comme maintenant.

Avec une certitude exclusive, papa fut aussitôt son grand amour pour toujours. Maman, il faut que je me documente sur toi. Le premier grand repas, tu ne l'as pas préparé pour papa. Tu n'as même pas remarqué qu'il avait parfaitement envie de se régaler de ce rôti de lièvre. On lui avait, en effet, offert un lièvre, et il t'incombait de le cuisiner. Cependant, tu te sentis parfaitement en accord avec papa lorsque tu manifestas ta répugnance, et alors, en commun, vous enterrâtes dans la forêt le lièvre mort et vous vous contentâtes d'un quelconque pudding. Or sa vie durant, le pudding ne lui a rien dit, à papa, tu le sus plus tard, mais cette histoire de lièvre, à propos de laquelle papa, par la suite, soupirait avec indulgence, tu as persévéré à la considérer comme la preuve d'une parade commune envers la réalité.

Dans son journal, la mère enregistre tout ce qui lui passe par la tête et comme ça lui vient. Mais une querelle, elle omettra de la mentionner : c'est que tout est aplani! Sur le texte de la carte postale adressée aux enfants, elle n'a rien retouché, elle reproduit ses impressions en suivant son inspiration du moment. MES CHERS ENFANTS, écrit-elle au retour du séjour dans cet hôtel de montagne, en Forêt-Noire, que les enfants depuis très longtemps connaissent plus amplement que la mère, elle qui n'a passé là-haut que quelques jours de belles vacances, les premières en l'absence du père. Les enfants, eux aussi, aiment cet hôtel. Son emplacement est propice, offrant, à l'ouest, une vaste vue panoramique sur les vallées, et dans toutes les autres directions des possibilités de promenade dans la forêt adjacente. C'était au début de novembre que la mère y avait séjourné en compagnie de ses deux sœurs. SERIEZ-VOUS DÉJÀ

RENTRÉS? JE N'AI RIEN LÀ-DESSUS DANS MON AGENDA. EN TOUT CAS, JE VOUS ENVOIE MILLE BONNES PENSÉES POUR CE DIMANCHE ET SUIS TOUT À LA JOIE DE VOUS RETROUVER SOUS PEU. NOUS PASSONS LÀ-HAUT UN MOMENT MAGNIFIQUE. J'AIMERAIS BIEN AUSSI M'Y TROUVER UNE FOIS AVEC VOUS. CE N'ÉTAIT PAS SI CHER QUE ÇA ET L'ON M'A DONNÉ UNE BIEN JOLIE CHAMBRE. FIGUREZ-VOUS, AUCUNE DE NOUS N'A EU BESOIN DE METTRE SES VÊTEMENTS CHAUDS, CAR LE SOLEIL BRILLAIT DE HUIT HEURES DU MATIN À CINQ HEURES TRENTE DU SOIR DANS UN CIEL BLEU ÉCLATANT! J'AI MÊME UN PEU BRONZÉ. À BADEN-BADEN, ON A ÉTÉ VISITER LA KUNSTHALLE OÙ IL Y AVAIT UNE SPLENDIDE EXPOSITION DE PEINTURES MILANAISES. ET PUIS LES ARCADES, AVEC TOUS CES BEAUX OBJETS ET TOUTES CES BELLES ROBES, MAIS NE PARLONS PAS DES PRIX, ET LES VOITURES, QUELLE CIRCULATION ÉNORME AU CENTRE VILLE. ON A DÉJEUNÉ AU CAFÉ KÖNIG, LÀ OÙ, QUAND ON DESCENDAIT DU SCHAUINSLAND, J'AVAIS SI SOUVENT ÉTÉ AVEC PAPA, ON Y A PRIS DES VOL-AU-VENT ET DU THÉ. À DIX HEURES NOUS AVIONS QUITTÉ L'HÔTEL (OÙ D'AILLEURS LES TANTES AVAIENT ÉTÉ ACCUEILLIES EN HABITUÉES) AVEC UN TAXI, NOTRE TRAIN PARTAIT À DEUX HEURES, ET DÈS TROIS HEURES ET DEMIE, NOUS ÉTIONS REVENUES AU BERCAIL. LA CUISINE EST FRANCHEMENT ÉPOUSTOUFLANTE, POUR MES SŒURS C'ÉTAIT TOUJOURS BEAUCOUP TROP COPIEUX. CE FUT UNE SENSA-

TION BIZARRE POUR MOI DE VOYAGER ET DE ME PROMENER POUR LA PREMIÈRE FOIS DEPUIS CINQUANTE-QUATRE ANS SANS AUCUNE PRÉSENCE MASCULINE. J'AI SOUVENT PENSÉ À VOUS, AVIEZ-VOUS UN TEMPS AUSSI BEAU QUE NOUS AUTRES, ICI, OU DU BROUILLARD ET DU FROID? ÇA M'A FAIT DRÔLE D'ABORD D'ÊTRE COMPLÈTEMENT PRIVÉE DE JOURNAUX, DE RADIO + TÉLÉVISION. MAIS ON S'Y FAIT. MA CHAMBRE NOUS A SERVI DE SALLE DE SÉJOUR, CAR J'AVAIS DE JOLIS FAUTEUILS ET UN LAMPADAIRE, ET IL FAISAIT TELLEMENT BON QU'ON Y RESTAIT ASSISES LA FENÊTRE OUVERTE! ET PUIS TOUJOURS, EN FIN DE JOURNÉE, ENCORE UN PETIT TOUR DEHORS, POUR CONTEMPLER CET ÉTONNANT CIEL ÉTOILÉ. CE FUT AU FOND, POUR MOI, CE QU'IL Y AVAIT PRESQUE DE PLUS IMPRESSIONNANT, CAR IL Y AVAIT BIEN LONGTEMPS QUE JE N'AVAIS PLUS VU DE CIEL AUSSI VASTE, AVEC LA VOIE LACTÉE ET LES ÉTOILES SCINTILLANTES! J'AI ÉTÉ BIEN CONTENTE, À NOTRE RETOUR, DE TROUVER VOTRE CARTE, BIEN DES PENSÉES AFFECTUEUSES, M.

De vive voix, la mère a encore développé sa relation, mais les fioritures correspondaient exclusivement et honnêtement aux réalités. Elle a décrit les repas et en a fait l'éloge. Les propos des enfants, lorsqu'il est question d'hôtels et de leurs services respectifs, sont beaucoup plus retors, insatisfaits et arrogants. L'étonnement et le ravissement de la mère ne connaissent pas de limites. Elle est incommensurablement douée, pour l'un comme pour l'autre. Ah, le buffet du petit déjeuner! Elle trouve si généreux et alléchant ce que la fille qualifie injurieusement, par exemple, de mesquinerie hôtelière.

La mère ne démord pas de l'idée que les brèves rencontres avec le spectacle nocturne des étoiles ont produit sur elle l'impression la plus forte et la plus belle. Et l'on éprouvait vraiment la sensation que ça ne s'arrêtait pas aux étoiles, mais que c'était réellement infini. Superbe la nébuleuse d'Orion, il faut dire que toujours, Orion a été un signe pour moi. Mais tu as bien raison, chère maman, derrière les étoiles, il y a bien autre chose encore, tu as vu ce qui est vrai. N'est-ce pas le moment, une fois de plus, de citer Schiller, entre autres, et ce qu'il dit du beau, entrevu ICI-BAS, et que nous retrouverons LÀ-HAUT sous les espèces de la vérité? LÀ-HAUT : ce lieu où le deuil de notre cœur et l'apaisement de notre âme placent papa, le lieu sur lequel repose notre espoir et auquel nous aspirons ardemment. Atteints du morbide mal du pays, malades de la nostalgie de l'ailleurs que nous sommes, nous autres amateurs de voyage, passagers qui ne seront plus retenus ici pour trop longtemps.

La façon dont la mère a formulé son récit m'a fascinée au point que je suis incapable, pour le reste de la journée, de songer à autre chose. Écrire sur la mère ne me confère pas pour autant la fraîcheur apaisante de la distance, ne neutralise ni ne relativise ma sensibilité. C'est mon effort le plus extrême de rapprochement, celui qu'il restait encore à accomplir. Écrire sur la mère représente l'unique possibilité de vivre en bonne entente avec moi-même sans que la mère y soit pour quoi que ce soit.

Au cours de la nuit de la Saint-Sylvestre, la mère et les enfants ont cherché à se rappeler ensemble ce qui avait marqué cette fête l'an passé. Afin de coordonner trois mémoires divergentes, la mère est allée quérir son journal de l'an dernier, ainsi que celui de l'année en cours désormais presque bouclée. Elle a chargé la fille de consulter les rubriques de la Saint-Sylvestre et du Jour de l'An. Après quoi, elle ne vit pas de mal à ce que la fille continue de feuilleter et de lire. Elle ne ressentit pas cette lecture comme de l'indiscrétion. Ce qu'elle consigne dans son journal n'a rien d'un secret. Puisque tout est vrai. Ô maman sans malice, tu ne veux rien cacher. Tout au plus ne veux-tu pas avouer d'emblée que tu as séché un rendez-vous chez le dentiste, que tu as laissé passer le délai fixé pour quelque démarche et que tu as négligé de te faire établir un devis pour l'installation, chez les tantes, de doubles fenêtres dans la maison, et par-dessus le marché – tu en es sincèrement peinée – tu as tout bonnement oublié ce que le gendre t'avait expliqué à propos d'un allégement fiscal. En toute innocence, la mère a mis sous les yeux de la fille le verset 19, 25 du Livre de Job qu'autrefois déjà, la fille avait lu comme si c'était un texte interdit, cette poésie déprimante, recopiée sur la page de garde du journal intime par la mère, de sa belle écriture ronde. Avec quelle absence de malice et d'embarras aussi la mère fait de moi une confidente, une complice de ses sentiments sur ce point! Tant de confiance accordée par principe!

Et une fois de plus, je vois ce que je lui ai escamoté, entre autres avec cette phrase, bel et bien escamotée, qui parle de vacances communes pour quelques jours. A la bonne franquette. Sans longues délibérations. Dans cet hôtel là-haut, eh oui, que tu avais tellement apprécié, mais avec nous pour cette fois-ci. Et donc aussi avec la « présence masculine » dont tu regrettais d'être privée, et avec plus de largesse, car alors, l'après-midi, on n'en sera pas à se partager un unique morceau de gâteau, alors, pour une fois, on oubliera toute cette « caloriemanie », et quant aux soirées, nous allons bien entendu les passer, avec l'élégance stylée digne d'un hôtel, et sans craindre continuellement le montant de la note, dans la grande pièce qu'agrémente une cheminée et où, n'est-il pas vrai, tu savoureras avec beaucoup de plaisir un verre de sherry ou de vin d'Alsace.

Quand je n'écris pas sur toi, quand, après un effort intellectuel harassant mené tout juste à son terme, j'ai fait escale en un lieu de repos et qu'une fatigue bienfaisante m'envahit la tête et tous les membres, et qu'alors, malgré tout, comme en dépit de ma volonté et même sans que ma conscience personnelle y soit pour rien, il me vient encore une idée à ton propos, j'ai recours au réflexe défensif de la peur. En ce moment, je n'ai pas envie de reprendre le collier. J'ai besoin d'une pause. Mais malheureusement, je me souviens comment, dans la nuit de la Saint-Sylvestre, après nous avoir quasiment présenté des excuses pour ce fantasmagorique feu d'artifice inopinément déclenché dans ta rue – car notre voiture courait des risques et tu t'es inquiétée au sujet de ton gendre –, je me souviens comment, alors, notre départ étant enfin devenu possible, tu es restée debout dans la rue, en compagnie du jeune voisin d'en face qui se proposait de t'inviter encore à rejoindre chez lui ses hôtes pour prendre une coupe de champagne. Sans doute était-il déjà un peu éméché. Il était en train de récupérer le dispositif de son feu d'artifice qui avait fini de brûler. Et cette invitation, qui ne demandait sûrement pas à être prise trop au sérieux, tu en as presque été flattée.

Au fond, ces gens plus jeunes que toi et qui habitent dans ton voisinage te sont mal assortis, à toi et à l'ensemble de ton existence antérieure. Eux aussi vivent en quelque sorte ta vie à ta place, et de leur fait aussi, tu es quelqu'un au passif. Tu préfères mener une vie un peu en retrait, tout en demeurant ouverte à ce qui se passe chez tes voisins. Quelqu'un est-il malade? Ta compassion partage sa peine. Les jeunes ménagères t'emmènent à tout moment dans leur voiture, pour elles, c'est tout à fait naturel, leur attitude à ton égard est simple et serviable, leur amabilité ne fait pas de doute.

J'ignore ce qui m'indispose le moins : la récupération de la mère par les voisins, qui la considèrent comme étant des leurs, après avoir peu à peu oublié, ou tout bonnement négligé l'impression que, dans leur existence bien plus banale, la mère représente plutôt un corps étranger? Ou serait-ce plutôt ceci qui m'indispose : comme par le passé, les voisins ressentent la dissemblance de la mère, de sa vie quotidienne, de son esseulement; et cette dissemblance de la mère, dans sa symbiose avec le père, à la fin franchement malade même aux yeux des voisins, est rappelée, qui plus est, comme un élément à charge; tout cet exotisme, les voisins l'enregistrent avec un sourire, oh, pas sardonique, plutôt bienveillant, mais tout de même entaché d'un zeste de dédain, eux qui n'ont ni l'envie ni la curiosité ni le don de se mettre au diapason d'autrui. Mais hélas, le type de nouvelles relations qu'il serait souhaitable que la mère entretienne avec d'autres personnes, il faudrait l'inventer, il n'est pas même imaginable. Cette sorte de personnes n'existe absolument pas. Les amis qui lui sont restés de la vie partagée avec le père ne font plus figure, désormais, que de reliques du père. Il en ressort que dans toutes ces amitiés ou fréquentations, la mère s'est volontairement contentée du rôle de comparse attachée au père. Jamais elle n'a recherché de contacts bien à elle pour la bonne raison qu'elle n'en a éprouvé aucun besoin.

La mère se tenait entre le jeune voisin et maître de maison d'en face et la voiture des enfants. Le gendre était déjà installé derrière le volant. La fille s'attardait encore, debout, dehors, avant de prendre définitivement congé de la mère; elle a nettement remarqué que la mère aurait été fichtrement contente si la fille s'était montrée disposée à se laisser présenter aux voisins par sa mère. Peut-être eût-ce été, en plus, de quelque utilité, pour faciliter à la mère, tous les jours à venir, la vie quotidienne dans la rue. La mère a dit : Et voici mes enfants. Vainement, elle a étendu le bras en un geste d'appel, en direction de la fille et du gendre assis déjà dans la voiture. Bonne nuit!

Un autre voisin habitant la même rue est autorisé à garer sa voiture dans le garage dont la mère n'a pas besoin et que le père, il y a cinq ans de cela, avait fait construire en même temps que le reste – dans quel espoir de faire encore une fois, mais à quel moment, l'acquisition de quelle voiture? La mère n'en demande pas un loyer. Mais on ne compte pas le nombre de fois où ces gens, vraiment sympathiques, s'arrêtent pour m'emmener lorsque, dans leur voiture, ils me rencontrent sur mon chemin, chargée de mes cabas. Je n'aurais qu'à dire, par exemple à madame Wicht que, pour moi, le jeudi serait un jour favorable, s'ils voulaient alors prendre rendez-vous avec moi et m'emmener régulièrement au supermarché, je veux dire par là, qu'ils sont tous extraordinairement complaisants, il me suffirait de faire appel à eux.

Pourtant, les relations entre la mère et ses voisins ne sont pas harmonieuses. Et que se passe-t-il donc, au juste, dans la tête de tous ces gosses qui ne cessent de sonner à la porte pour réclamer quelque friandise? Bien sûr, en soi c'est une bonne chose pour la mère qu'il vienne à l'esprit de ces enfants de lui demander quelque chose, qu'ils prennent note de sa présence de cette manière et qu'ils ne l'évitent pas ni ne la traitent comme une vieille chouette effrayante; mais affectionnent-ils donc vraiment la mère? Est-ce que partout on affectionne vraiment la mère, sans que s'y mêle comme un fumet de moquerie, de mésestime?

*

La mère est rentrée dans sa maison. Elle se hâte de se livrer à quelque activité. Par chance, elle découvre quelques pièces de linge pas encore repassées. De plus, il faut qu'elle surveille le téléphone, ce qui, comme elle est dure d'oreille, la distrait aussi, autant qu'une activité; dans une quarantaine de minutes, les enfants annonceront qu'ils sont bien rentrés chez eux. On se redira combien cette journée a finalement été agréable, ce qui, à cette date épineuse, n'était guère évident. La mère promettra de ne pas broyer du noir quand le soir sera venu. Non, je vous le jure, je ne serai pas triste, soyez rassurés. Ce n'est quand même pas mon genre. Je ne suis plus une petite fille, n'est-ce pas? En plus, je serais vraiment ingrate.

Il arrive souvent maintenant que la fille remarque les trésors de sensibilité dont dispose la mère et que, peut-être par négligence, elle avait laissés autrefois de côté. C'est qu'autrefois, la mère donnait l'impression d'exécuter en quelque sorte, ce que le père avait senti le premier et à quoi il l'avait sensibilisée d'avance. A bien des égards, dans son · existence autonome, la mère tâtonne encore un peu, ce qui, maintenant, consterne la fille. Elle est comme prise au dépourvu, déconcertée. Il est parfois possible de rire de la mère, de façon tout à fait décontractée, après coup, à propos d'une affaire que l'on avait à traiter avec elle. On reste littéralement dans le brouillard : que vient-elle de dire à l'instant, avec une indulgence surprenante, avec quelle vaillance aussi. Autrefois, c'était le père qui était compétent pour les thèmes de haut niveau. Avec le père, lorsqu'on échangeait des paroles, c'était plus ambitieux et moins simple. De temps à autre, nous nous appliquions, en plaisantant tendrement et en y prenant beaucoup de plaisir, à dénicher encore, pour l'amour que nous nous portions, une forme d'expression toujours plus originale et renouvelée. C'est la mère cependant qui développe le plus d'originalité avec les déclarations les plus lapidaires. Elle renonce à toute rhétorique. Naturelle, incapable de rien dissimuler, et d'ailleurs nullement encline à le faire, à tout moment identique à elle-même, elle dit la vérité sur chacun des moments de son existence.

Voilà pourquoi elle n'a toujours pas trouvé comment faire pour passer sous silence un tourment, une contrariété ou un découragement. Le père voulait ménager les enfants. Il a essayé de leur donner le change sur des situations critiques. Il n'y a pas réussi car, quoi qu'il en eût, l'intonation de sa voix trahissait tout. Le cri d'alarme voulait tout de même venir jusqu'à nous. Des propos gais prononcés sur un ton totalement épuisé : ainsi cette tentative de nous induire en erreur était-elle une erreur. La mère, de même, veut ménager les enfants. Mais son tempérament ne se prête guère qu'à la vérité, et à rien qui soit édulcoré le moins du monde. D'où l'oubli de son désir de ne point dire toujours la vérité. Aussitôt après, elle regrette amèrement d'avoir pu donner bien du souci à sa fille, laisse percer qu'elle-même est très soucieuse. Profitez de votre vie, dit-elle à ses enfants. C'est une phrase standard. Ce conseil, elle le prend extrêmement au sérieux, presque comme un ordre, sans jalousie ni arrière-pensées, sans le moindre soupçon d'autocompassion ou d'espérance pour elle-même : on peut en être sûr. Pas un mot de trop. Pas de fioritures. Ni astuces ni ruses. Pas la moindre réserve. Les enfants sont aimés, non sans critique, mais inconditionnellement.

La mère a d'ailleurs l'impression d'avoir elle-même profité de la vie, tant que c'était encore possible. Cette vie a dû être une sorte de vie insérée dans le cours de celle d'autrui, une coexistence vécue sous la peau de personnes aimées qui vivaient sa vie à sa place. Une vie telle que, maintenant, il suffit de la secouer pour s'apercevoir que de fait, la mort du père l'a quand même rejetée sur une rive dépouillée, en simple épave. La vie de la mère est la pièce la plus précieuse laissée par le père; que signifient donc les palabres vainement passionnées des enfants, s'enthousiasmant sans enthousiasme véritable à propos de vieux tableaux, de vieux secrétaires et de vieux bouquins... Il ne faut pas que la vie de la mère, dans ce prolongement qu'est le veuvage, lui semble irréalisée, vidée, superflue; pas une minute elle ne doit lui sembler dénigrée ou altérée en erreur décisive.

Je reste bloquée dans des pages que j'ai écrites il y a quatre mois environ. Les descriptions d'alors semblent figées, comme non dégelées. Nous nous sommes mutuellement transformées. A propos des sentiments de gratitude de la mère, en lesquels la fille revit son propre sentiment de culpabilité, je lis, le cœur serré par la froideur distante : « A tout moment, la fille peut rappeler à la mère que quelque entreprise commune avait été réussie. Aussitôt, la mère se confond en remerciements. Aussitôt, elle en reconnaît le motif. Cependant c'est en vain qu'elle s'efforce d'en retrouver le souvenir. Presque honteuse, la mère se hâte de remercier pour une chose effacée de sa mémoire et qu'on vient de lui rappeler : de toute façon, sa fille doit avoir raison. »

La mère, la fille, les expériences et les sentiments évoluent, ici encore, d'un mouvement purement mécanique et artificiel. En écrivant la première page, j'ai failli donner dans le cynisme avec la peur que j'avais, j'ai préféré être complexée, empêtrée, glacée, plutôt que d'être quelqu'un qui se livre et se laisse agresser, quelqu'un qui éprouve des sentiments.

La mère a-t-elle un motif? Ah, ce qu'il est minime dans chaque cas! Le gendre lui a provisoirement dépanné le tourne-disque. Toujours est-il que, désormais, la mère pourra écouter des disques. Et se servir également de la machine à écrire. Il y a suffi d'un tour de main. Mais à force de considérer les motifs minimes comme tels, on finit par ne plus prendre soin de rien. La somme des petits bricolages qui ne cessent de s'imposer aboutit à une grande opération de sauvetage.

Notre symbiose implique une technique compliquée qu'il convient de contrôler sans relâche et sans que la mère s'aperçoive un instant qu'elle fonctionne. Entre nous, tout doit baigner dans le calme et exclure le remue-ménage. Ni grands discours d'éloges ni grandes tirades de remerciements, et pas de comédies de commisération.

Toutefois, la fille dresse immanquablement un bilan de tout. Persévérant, ressassant toujours, par exemple ainsi : « Cette fois-ci, les enfants adultes ont vraiment passé avec leur mère une demi-journée. Le fait que, de temps à autre, la fille ait regardé sa montre n'a, il est vrai, pas été remarqué de la mère. La surveillance du temps qui passe est encore une de ces circonstances qui s'expliquent uniquement par l'inquiétude sans objet de la fille et, dans cette mesure, ne constitue nullement une bassesse. »

Pourquoi donc, par la suite, n'oublié-je malheureusement pas, dans ma quête pathologique de reconnaissance, d'aller m'informer : J'espère bien que tu écoutes des disques? Et que tu t'entraînes sur la machine à écrire?

Message bouleversant, bonne nouvelle : soudain, par un bel après-midi, la mère, prenant son courage à deux mains, s'est remise à faire du piano. Ce fut naturellement calamiteux de constater tout ce que j'avais oublié! Mais au fond, j'avais imaginé quelque chose d'encore bien pire. A l'en croire, la mère fera désormais des exercices réguliers. Elle n'en fera rien. Pour commencer, cependant, il suffit presque qu'elle en ait eu le projet.

*

Aujourd'hui j'en prends le risque et je fais comme si je reconnaissais la véritable raison de la conscience malheureuse que j'ai de ma mère et de moi. Car même quand cette conscience est heureuse, je ne fais que l'apprêter en vue de cette misérable mascarade : dans les rapports liant les parents et les enfants, il est par principe inadmissible que se modifient l'âge et les gestes de la vie qui y correspondent. La qualité d'adulte d'un enfant est un contresens. Quand, dans son enfance, on a été très enfant et parfaitement protégé, on se rend plus tard coupable à l'égard des parents en devenant adulte. Où diable est passée cette détention préventive et inconditionnelle d'antan? Que peuvent bien faire les parents de cette cosse vide? Tout cela trouve sa place au grenier pour s'y couvrir de poussière en compagnie des jouets. Les parents s'y résignent comme à un fait regrettable, ils encaissent cette bassesse, ils s'adaptent à la situation, du lointain, dans le flou, ils tentent de scruter les gestes de la vie de leurs enfants auxquels ils ont encore droit, et ils sont reconnaissants pour la grâce qui leur est faite lorsque les conditions visuelles sont quelque peu améliorées. Il n'existe plus, entre nous, ce langage de communication qui, à un moment donné, avait encore été franc, adéquat et réconciliant. Désormais, nous sommes courtois. Nous ne commettons pas de fautes qui puissent nous rendre, réciproquement, plus explicables et plus crédibles; en revanche, nous nous astreignons à des vertus grâce auxquelles nous nous contentons d'une affection respectueuse, nous nous apprécions beaucoup, nous nous aimons dans l'abstrait et malgré nous.

Si je me suis mise à l'abri des sentiments spontanés, c'est par lâche manque d'amour, c'est purement par peur d'aimer. Pour moi, rien ne va plus de soi. Je vis ma qualité d'adulte comme une insuffisance coupable. Ma conduite à l'égard de ma mère ne ressemble-t-elle pas à celle d'un tuteur malappris et roublard? Aucune attitude à l'égard des parents, usés jusqu'à la fin par les enfants en enfants qu'ils étaient, ne me semble être convaincante. Dans chaque attitude nouvelle que j'essaie, je trahis l'enfance. Impossible de parvenir à une entente avec ces quelques attitudes d'adulte et la confusion des sentiments. Ah, ces parents révolus! Qu'est-ce qu'ils ont à traîner toujours de-ci de-là. Les parents, il faut en être tributaire, inconditionnellement : c'est fini. Les porcelaines précieuses chargées de souvenirs, bric-à-brac fragile, cher à mon cœur, un tantinet bruni par de multiples dépôts de théine, peuplent ma vitrine. Les dimanches et jours de fête, je les utilise avec tendresse, à moins que je ne l'oublie. Quelle désolation, quelle nostalgie dénuée de bonheur et d'imagination parce que, par exemple, je ne dois plus la sécurité dont je jouis aujourd'hui à ces gens d'autrefois qui font partie de l'histoire de mon enfance! Je ne tire plus d'eux que des réminiscences. Le présent n'offre plus de fonctions à remplir.

Je revois la mère dans la rue nocturne, devant sa maison, et les gestes inefficaces par lesquels elle avait voulu me rapprocher du voisin, afin de pouvoir me présenter à cet homme, dans le but d'établir une petite harmonie entre son actuelle vie quotidienne et la grande distance qui m'en sépare. Je n'ai pas voulu me laisser atteindre! Le geste de la mère est resté en plan dans l'air du Nouvel An.

Ce serait une bonne chose que je simule un solide égoïsme, et que je sollicite de la mère presque impudemment n'importe quel objet au fond trop précieux : Et pourquoi pas cette édition complète? Elle m'intéresserait. Ce meuble Renaissance, j'en suis joliment entichée. Faire carrément usage de la mère. Entre autres, par exemple, laisser dégénérer cette exploitation au point de permettre à la mère de mobiliser une résistance. En tant qu'individu dont on veut profiter, elle se sentira à l'abri, elle pourra se reconnaître à nouveau comme cette personne importante entre toutes qu'elle fut en sa qualité de mère d'authentiques enfants. Mais pour l'avenir au quotidien, je ne dispose pas d'une quantité suffisante d'idées pour planter le désert, exempt de désirs, en rangs assez serrés d'attentats égocentriques quelconques contre la mère. Au fond, je n'ai besoin de rien. D'elle, je ne veux plus rien d'autre. Au fond, c'est mon horrible tranquillité que je veux.

L'autre possibilité, qui serait de me comporter plausiblement en enfant qui a pris de l'âge, me répugne également : nous glissons dans la dégénérescence des rôles inversés. Si pourtant je me contente de me donner les airs de celle qui dispense sauvegarde et situation protégée, je ne prends ces airs que de façon insuffisamment permanente dans le meilleur des cas comme une employée à mi-temps. La sollicitude, je n'en fais pas mon affaire personnelle, et tu t'apercevras qu'elle n'est pour moi qu'une activité secondaire. Non pas que je te perde entièrement de vue. Je prends de tes nouvelles, sporadiquement. J'approuve et j'exécute, bon gré, mal gré. Tu ressens parfaitement que, chaque fois, j'accomplis un sacrifice. Oh : cette impression, tu te hâtes de la chasser et même tu te la reproches amèrement! Tu ne remarques pas que je te réclame une tirade qui ruisselle de gratitude. C'est que tu es aveugle au tribut que je prélève sur toi. J'ancre au cœur de la mère une dette inextinguible. Dans notre belle symbiose, elle apprend maintenant à voir un minable devoir. Je la mets à genoux devant moi, je veux qu'elle vienne à moi rampante, à quatre pattes, geignante – hé maman, que se passe-t-il donc, n'as-tu pas songé que maintenant, c'est à mon tour de vivre?

La mère n'a pas la moindre idée de telles abominations. De temps à autre cependant, il est clair et net qu'elle ne se sent pas tout à fait à l'aise. Ce qui la gêne? Elle l'ignore. Il y a comme un ton condescendant de jardinière d'enfants qui, de moi à toi, maman, a fait son apparition. Mes promesses, ne t'en doutes-tu donc vraiment pas, peuvent certes devenir réalité, mais jamais atteindre à la plénitude. Derrière mes gestes, il n'y a rien. Dans le rôle de tutrice qui est le mien, j'ai beau observer les succès obtenus par d'autres personnes de mon âge, toutes mes initiatives finissent plus que jamais en queue de poisson, les actes qui vont de soi sont plus que jamais perdus, toute attitude qui se veut naturelle est plus que jamais affectation étudiée, il suffit d'un faux mouvement pour que toute cette construction en carton-pâte qu'est notre relation gise en mille morceaux sur un plateau de théâtre, au milieu de nos décors écroulés d'esbroufe à bon marché. Mauvaise pièce, mauvaises séances de répétitions, coupées de sautes d'humeur et de crises, rien que des dialogues automatiques et déclamatoires, masque maladroit, théâtre de dilettantes provinciaux qui n'auraient pas même médité sur leurs ambitions.

Notre relation est une relation finie. Car même cette relation égalitariste, de femme à femme, qui me frappe chez d'autres, ne réussit pas entre nous. Les conditions biologiques qui nous sont communes, le fait que nos organismes soient si bougrement similaires, le complot biochimique qui est notre partage et nous frappe l'une et l'autre – cette ignominieuse cause commune imposée par la nature – me fait l'effet d'une plaisanterie indécente. Il me faut absolument éviter de penser que tu es en possession de tous ces organes internes. Mes parents, au fond, ne sont pas des créatures à mes yeux. Au fond, chère maman, tu ne représentes vraiment rien qui soit incarné, de chair et de sang, quoi. Tu n'es pas un de ces monstres anatomiques courants, dans lesquels on a fourré les tripes habituelles. Ainsi je te fais grâce de ce qui s'ensuivrait si je me figurais que tu es faite comme toi et moi, que tu es un méchant ouvrage suffisamment expliqué par les sciences naturelles, et voilà pourquoi tu as plutôt intérêt à ne pas me raconter que tu souffres de maux de ventre, de tachycardie, de diarrhée ou d'une inflammation de la vessie, car tes infirmités physiques, je pourrais tout au plus y participer extérieurement, comme je le ferais pour une vieille grande poupée bien-aimée. Lorsque j'étais enfant, aucun événement imaginable ne pouvait déclencher en moi plus de colère et de désespoir qu'une défaillance physique chez toi, chère maman; j'étais décontenancée et méchamment révoltée, tant mon épouvante était grande, quand tu te soumettais à cette calamité naturelle, une soudaine fragilité de ton corps; quand tu osais t'aliter, me privant de toi du fait d'une douleur, d'une toux ou d'un accès de fièvre, je ne voulais pas te suivre dans tout ce bazar de cachotteries visqueuses et ensanglantées. Le jour où un ballon de football te frappa à la tête, c'en fut fini pour moi du monde de l'innocence : c'était la première fois que je te voyais victime d'une agression venue de l'extérieur et en larmes à cause d'un méchant miracle de malheur, et à partir de ce moment-là, les nouvelles perturbations n'ont plus été que dans la logique des choses.

Aujourd'hui je me moque de toi, bien plus, je te blâme parce que dans ta confusion face aux médecins, tu préfères supporter les malaises plutôt qu'un examen sérieux. C'est quand même un comportement franchement borné, devant un médecin, il n'y a tout de même pas de quoi être embarrassé, ce qui est embarrassant, c'est qu'un médecin ne tienne rien pour embarrassant, il débite son topo dans le minable style du Larousse médical, il débite son sermon sur nos processus physiques, comme si ceux-ci le regardaient en quoi que ce soit, comme s'ils étaient répugnants au point qu'il faille les désigner évasivement, et ce faisant, il nous insulte. Un médecin te fait sentir qu'il connaît suffisamment tes dispositions biologiques et, avec la familiarité d'un vieux copain, il te flanque dans le même sac que ses autres patients. Transit intestinal atone! Il devrait refuser toute information à ce sujet. Le cœur, les poumons, la circulation du sang : il fait semblant de croire, ma foi, que ça existe réellement! Tu constituerais un ensemble de données largement répugnantes selon ce que te révèle la prose périphrastique truffée de médiocres néologismes grâce à laquelle le médecin achève de te troubler. Ton W-C, on ne peut vraiment pas dire que ce soit une SELLE, et il faut qu'un médecin trouve la défécation humaine bien écœurante et bien obscène pour qu'il en parle comme d'un petit meuble. Que c'est prude, mensonger, victorien : ce gars-là n'est-il pas cent fois plus pudibond que toi? Il ose prononcer et employer à contresens le terme de LIQUIDE ORGANIQUE, car le terme d'URINE lui semble vraiment par trop choquant, il ne l'articulerait qu'à contrecœur, il éprouve pour lui une aversion insurmontable qu'il te refile à toi et par laquelle il te réduit à l'état de limace : dorénavant, il te faudra être encore beaucoup plus gênée de ce que tu es, espèce de tabou, de chose indécente. Eh oui, tu pressens parfaitement que tu as bien raison, que Dieu sait, tu ne peux absolument pas lui demander de farfouiller sous tes vêtements. Tu fais mieux de passer sous silence, devant lui, les extra-systoles qui t'inquiètent; sinon, il serait bien obligé de t'inviter à te découvrir le buste. Tu as bien raison! Puisque aussi bien, tu n'as pas de buste, tu n'as pas à en avoir. Tu n'en as pas que l'on puisse concevoir au sens médical. Tu n'en as pas qui, maintenant, après la mort du seul homme à avoir été si proche de toi, incite encore quelqu'un à lui trouver une raison d'être, à lui accorder sa compassion. Rien qu'à regarder ta peau du côté du cou, rien qu'à l'imaginer plus loin en descendant le cou sur la clavicule et plus bas encore, il me peine et me point de trop approcher ta caducité, je me fais l'effet d'avoir commis un manquement, ma gorge se noue de pitié et de honte à cause de mon indiscrétion.

Pour notre communication, rends-toi à cette évidence, le mieux serait d'en rester à une belle photo brunie datant du beau passé lointain, atténué dans notre mémoire, d'une époque où il ne nous fallait pas encore masquer la moindre vérité en la maquillant pour lui faire prendre la pose. En ce temps-là, sans nous crisper et sans que nos lèvres se tétanisent, car nos têtes n'exerçaient alors aucun contrôle, nous savions encore comment nous comporter l'une avec l'autre. Sous verre, dans les vitrines de ce musée préhistorique, nous nous sentons confortablement installées. Il est quasiment impossible, sans forcer les choses, de rien transférer de notre passé lointain dans la continuation commune de notre vieillissement, et cette continuation n'est pas suffisamment commune. Elle n'est tout bonnement plus synchrone. Nous nous donnons mutuellement des soucis absurdes. A chaque fois, nous ne faisons pas autre chose que de sauver une note marginale à propos d'une date apaisée d'autrefois. Pourquoi donc ne faisons-nous que nous torturer perpétuellement en nous livrant à des imitations et à des permutations de rôles, pourquoi, disloquées par la peur, nous emberlificotons-nous dans de vaines attitudes? Nous devrions quand même effectuer ce départ et cet emménagement dans le vieil album volumineux cher à notre cœur.

*

C'est un fait, tu as besoin d'aller chez le coiffeur. Tu ne peux attendre davantage, tout d'un coup il te faut des soins, une cure, un traitement, encore heureux qu'existe le prétexte CHEVEUX, son rôle de prétexte n'attire même pas ton attention. Ce dont tu as besoin maintenant, c'est de sollicitude.

Bien que tu aies toujours aussi, justement, quelque appréhension du coiffeur, l'idée d'y aller est bonne. Misérable chaleur humaine, là-bas, dans ce petit salon chichiteux, ton atelier d'art capillaire.

Ces odeurs te donneront une fois de plus, à n'en pas douter, un peu mal au cœur. Cependant, la nébulosité malsaine, dans cette atmosphère saturée de crèmes et de sprays, te procure une somnolence assez agréable. La jeune coiffeuse ne sourit nullement par pur intérêt professionnel. Elle t'agrée même, car il saute aux yeux que tes cheveux en ont bien besoin. Déjà, tu te sens moins délabrée. Certes, on te toise avec un étonnement suspicieux, car tu n'aurais pas dû laisser les choses aller jusqu'à ce point, avec une chevelure aussi impeccablement entretenue, tu devrais la confier tous les deux jours aux soins du coiffeur, mais il y a dans cette critique que l'on t'adresse une sorte de cachotterie bienfaisante. Probablement la coiffeuse se serait-elle sans un mot mise pour toi discrètement à l'ouvrage, mais il fallut évidemment que tu lui fasses des avances en dénonçant auprès d'elle le mauvais état de tes cheveux. En fin de compte, c'est par pure gentillesse, carrément par camaraderie, qu'elle te donne instantanément raison. Dans son peigne, elle tient en l'air une touffe de cheveux; elle regarde dans le miroir, à la fois ton image et ce triste constat, ta touffe de cheveux, toujours prisonnière du peigne expert, lequel est habitué à mieux, et dit : Si seulement ils n'étaient pas si clairsemés, si seulement ils n'étaient pas si lisses, ça irait encore.

N'a-t-elle pas l'air quasi dégoûtée? Quant à toi, tu es à présent troublée par l'obséquiosité de tes yeux affligés, ta volonté se trouve affaiblie, tu ne tarderas pas à être totalement soumise, tu vas être obligée de confirmer ce non-sens : tes cheveux seraient parfaitement inutiles. Tu ne disposes simplement pas de la force de te révolter, d'échapper à cette situation absurde en lançant un démenti, et de déclarer simplement cette vérité : ces cheveux sont presque en parfait état. Ils ont été lavés tout récemment. Ils ne sont menacés ni par les pellicules, ni par des maladies des racines ni par des troubles d'ordre organique ou psychique et ils ne risquent pas de devenir secs et cassants.

Je pourrais vous concéder que la façon dont je les coiffe n'est pas spécialement habile. Je ne les crêpe nullement, pas plus que je n'use d'autres artifices. Mais il n'empêche qu'ils ont quand même été permanentés. Ma chevelure, au fond, ne m'a jamais de ma vie donné aucun souci. Elle est même presque drue, l'est redevenue, depuis que je les ai fait couper, il y a de cela six ans maintenant, eh oui, comme je vous le dis, si tard dans mon existence, j'ai encore pris la décision d'adopter une coiffure plus moderne, les cheveux courts, que voulez-vous? Par conséquent, je n'étais, en vérité, pas obligée de me rendre aujourd'hui au salon de votre patronne, ce rosâtre petit repaire à mensonges, pâteux et poisseux, parfumé et pseudomondain, cette tragédie de banlieue, ce théâtre forain arrangé dans le style du beau monde. Et pourtant, ce n'était pas vraiment du luxe pour moi de venir, car c'est votre solidarité que j'ai recherchée. Venez tout de suite à mon secours, je vous prie. Je supporterai docilement la torture du shampooing, le cou tordu en arrière, une fois convaincue de votre sollicitude.

La mère ne peut pas avaler. Elle est assise dans le fauteuil de service, à la renverse, le lavabo mobile lui coupe la nuque. Dans cette position, elle a le buste comme rempli de plomb. L'attache du cou est étranglée. Je ne peux plus respirer! Chaque aspiration finalement réussie, malgré tout, juste à la dernière seconde avant la mort par asphyxie, et soutirée à cette tentative d'assassinat, constitue un miracle, un acte contre nature. Mon visage décomposé par les convulsions ne vous effraie-t-il donc aucunement? D'un geste languissant et régulier, la coiffeuse frictionne vaguement le cuir chevelu, occupée qu'elle est, vraisemblablement, à échanger un sourire de connivence, rempli de raillerie, avec une collègue complice. La collègue a interrompu le balayage de cheveux tout exprès, pour ne pas rater ce spectacle. Une attaque du GRAND MAL, ça ne se voit pas tous les jours.

Il est des périodes où l'on n'a plus envie de vivre; cela n'a pourtant rien à voir avec la frayeur mortelle qu'on éprouve en un tel moment. En un tel moment, ce que l'on veut, avec une énergie extrême et une colère méprisante contre toutes les simagrées transcendantales, c'est vivre et rien d'autre, ni plus ni moins. C'est seulement quand on est en pleine santé, quand on est en mesure de penser et de sentir dans le calme qu'on peut se permettre de souhaiter la mort. A présent, je ne suis guère en mesure de dynamiser en moi une nostalgie de la mort et de ses retrouvailles familiales. En cet enfer se gâte mon désir raisonnable d'aller au ciel. PAS DE SÉJOUR DURABLE POUR NOUS AUTRES ICI-BAS : cela n'est pas applicable au salon de coiffure.

La coiffeuse apporte à ma mère, qui a survécu, un illustré sous couverture brunâtre, mais, d'un geste de la main, la mère décline cette offre. Les précédents passages de cette cliente n'ont-ils donc pas gravé dans la mémoire de la coiffeuse que cette cliente lit les livres qu'elle apporte elle-même? Rien, absolument rien n'impressionne cette coiffeuse. A la rigueur, elle se souvient sans plaisir de quelques problèmes capillaires spécifiques qu'elle a elle-même introduits dans l'univers de l'atelier, passant outre à l'épouvante de la cliente récalcitrante et surprise, mais sans passion. Ah, ces tortionnaires téléguidées, ces coiffeuses toujours sous narcose dans l'atmosphère obnubilante des applications cosmétiques.

Ma mère a dû apporter un volume de Katherine Mansfield, il se peut aussi qu'elle ouvre en ce moment les Promenades de Goethe dans Zurich, ayant, dans l'un et l'autre cas, en toute bonne foi, l'intention de poursuivre la lecture d'un livre commencé, avec l'arrière-pensée, sans doute à peine consciente, de crâner un peu devant la demoiselle coiffeuse. Aussi bien, l'usage d'apporter un livre, le refus des illustrés n'avaient-ils pas déjà déclenché une fois une conversation? Il est vrai qu'il s'était agi d'une conversation en deux langues étrangères. Chaque pas quantitatif en avant, dans ce dialogue, avait été un pas qualitatif en arrière. Plus on avait usé de vocables, et moins il avait été possible de deviner quelque signification. Voilà ce que c'est, quand un roman n'appartient pas au genre des ROMANS D'HOMMES EN BLANC. Mais nous, nous ne sommes plus seulement deux individus étrangers provenant de degrés de longitude et de latitude très éloignés les uns des autres, nous sommes des créatures différentes et quasiment incompatibles d'après l'origine de nos sentiments. Des océans et des continents séparent nos systèmes de pensée : ma mère entreprend d'expliquer à la coiffeuse l'aspect qu'elle aimerait présenter après les soins. Tant par la parole que par le geste, c'est l'échec. Se sentant coupable, elle sourit. Elle subodore qu'elle se ridiculise.

Ensemble avec la coiffeuse, elle étudie quelques albums, représentant des têtes de femmes sur lesquelles ont trouvé place les modèles de coiffures que la coiffeuse peut aider n'importe quelle cliente à faire siens, donc également celle-ci, la mère. Il suffirait que son sens esthétique fût conscient et considérablement plus sérieux. Aucune de ces coiffures ne plaît à la mère. La coiffeuse en est-elle blessée? Pas cela, non, même pas cette sollicitude-là. Elle ne va tout de même pas s'engager à ce point. La coiffeuse est ennuyée et fait ses réflexions à part soi, mais reste courtoise. Réprime-t-elle un bâillement? Malheureusement, ce n'est pas à mon goût, dit ma mère, il n'y a rien là-dedans qui me convienne.

C'est bien cela, maintenant, c'est son individualité qui lui vient à l'esprit. Sans doute est-ce ma propre faute, se hâte-t-elle de dire, presque soulagée, car elle veut reconquérir la faveur de la coiffeuse. Sa préférence va aux reproductions figurant sous le titre : AVANT. Sur les photos intitulées APRÈS NOS SOINS, les cheveux ne sont pas seuls à s'être figés en des formes artistiques, les visages eux-mêmes, tous désormais souriants, ont perdu, comme par un lissage, leur libre arbitre.

La mère déclare : Mon goût est probablement un peu bizarre. Je suis un peu étrange, c'est sûr. Il faut me pardonner. Mais cela ne fait rien, dit la coiffeuse. Les albums contenant les modèles de coiffures possibles, admis et réalisables sont heureusement pour le moment entre les mains d'une habituée, donc d'un personnage mûr, éclairé, qui, prenant la maison de coiffure au sérieux, se comporte à son égard en adulte, comme cliente parfaitement intégrée au système, ce qui explique la prévenance, la courtoisie et l'empressement dont la maison l'entoure, comme s'il s'agissait d'une conspiration. La mère tiraille ses cheveux en fournissant des explications absurdes, et il y a belle lurette qu'elle n'est plus qu'une cliente tolérée.

Afin que rétrospectivement, le passage chez le coiffeur puisse quand même être enregistré comme une réussite, afin que le reste de la journée ne dépérisse pas à cause de l'impression laissée par toutes ces humiliations, ma mère abandonne, pour le reste du traitement, toutes ses manifestations de résistance, ce qui ne l'empêche pas de demeurer un objet de risée. De son propre gré, elle renonce à la lecture et tend les bigoudis et les clips, entassés sur un petit plateau où traînent des cheveux et qui a trouvé place sur ses genoux, en direction de la coiffeuse qui, avec des manipulations régulières, enroule et attache, sans hésitation ni scrupule, les touffes de mèches mouillées et invalides. Voilà longtemps sans doute qu'elle prévoit le résultat, l'aspect futur, avec une certitude mortelle et un mortel ennui, cela ne donnera rien qui puisse produire sur vous un effet renversant.

La mère n'éprouve plus la réalité nue de son pitoyable visage, au fur et à mesure qu'il prolifère, en hauteur et en largeur, au milieu des bigoudis. Elle s'est également habituée au peignoir fleuri de matière plastique. Elle ne se plaint pas de la chaleur qui règne sous le casque du séchoir. Son cuir chevelu brûle, les lobes de ses oreilles grillent. Mieux vaut subir tout cela que de se voir définitivement rejetée par la coiffeuse, voilà pourquoi, même par la suite, la mère ne défend pas son moi : maintenant, on coiffe, et chacune des manipulations affairées et inflexibles de la coiffeuse a la violence d'un contresens. Puisque, même à la fin, ma mère s'abstient d'intervenir lorsque la coiffeuse, avec l'endurance d'une personne en transe, vaporise sur la tête dénaturée, de haut en bas et tout autour, un nuage de fixatif, c'est un état qui promet de durer.

La partie postérieure de la tête aussi, dont la coiffeuse, peu motivée, présente maintenant l'aspect dans une glace à main, semble travaillée au tour, figée dans la colle et comme appartenant à quelqu'un d'autre. La mère feint l'approbation, la dernière pour cette fois-ci. Elle fait même des éloges. Elle est – qui l'eût dit? – encore capable de sourire. Dans son désarroi, elle s'embrouille dans sa monnaie, et il en résulte un pourboire excessif. Tentative de corruption absurdement tardive! On l'aide à mettre son manteau. Elle meurt littéralement de chaud, et la voilà éconduite dans son idéale beauté, son ignominie et son infamie. Elle emporte dans la rue l'odeur douceâtre qui la suit. Vous, au moins, vous avez bonne mine, dit quelqu'un. Apparemment, elle est un peu plus intégrée.

*

Et pourtant, ça se rencontre, ça s'est rencontré : tout va simplement bien entre nous. Quels tranquilles transports! Je ne suis plus guère moi-même disponible pour moi-même : nous faisons une promenade en un lieu d'excursion, nous nous trouvons dans un paysage d'arrière-saison, paré de bouquets d'arbres et patient comme nous sommes. Nous avançons dans une antique allée. Le passage d'un troupeau de brebis accentue la plasticité et le vallonnement de la région. Mais déjà c'est trop de perception, car je ne suis guère disponible pour moi-même. C'est la mère qui perçoit ici. Dans un élan passionnément spontané, je renonce aux arbres.

C'est ma mère qui, ici, éprouve des sensations. Moi-même, je sacrifie mes impressions, eh oui, dans un élan passionnément spontané. Si précautionneuse qu'à peine osé-je respirer, obsédée de tout mon cœur, à un degré effrayant, par l'idée que tout devrait rester en l'état actuel : je suis, moi, une composante de la conscience heureuse de la mère. Je suis une oscillation qui vibre en elle. Je suis une idée, je parle le moins possible, afin que mes paroles ne pèsent pas. Je suis heureuse quand je sens m'échapper mon bonheur personnel, heureuse lorsque mes délices personnels s'éloignent : ce buisson là-bas, c'est un détail dans le champ visuel de la mère.

Et la mère, à la suite de cette excursion réussie, a même ressenti une sorte d'obligation de reconnaissance, et a fixé pour les enfants le souvenir de cet après-midi par une tendre missive poétique. Rien de commun avec les humbles remerciements habituels. Sur l'air d'une chanson célébrant *Le Joli Mois de septembre*, elle a inventé des vers rimés relatant cette excursion avec les enfants et les petites aventures vécues en commun. Ainsi a-t-elle inventé pour moi cette journée tout entière : éperdue de satisfaction. Conciliante à donner le vertige. Attendrie à faire dresser les cheveux sur la tête. Je me suis dit que mon besoin maladif de mériter la reconnaissance n'est pas simplement une faiblesse, ma recherche fanatique des approbations est également une forme de fanatisme qui me permet tout de même de connaître, fût-ce en passant, au moins une bonne fois très exactement, la nature véritable du sentiment par lequel ma mère réagit en face de moi, de nous, et quelle est l'intensité de ce sentiment. Comment assimile-t-elle un repas pris en commun, une conversation sur tel sujet ou tel autre, que se passe-t-il donc véritablement en elle? Est-ce beaucoup, est-ce assez? Que puis-je faire? Bah, c'est bien simple : plus, toujours plus.

Dans cette inversion des rôles qui la rétrograde au rang de pupille, ma mère se sent gênée, elle aussi et, manquant d'assurance, elle n'est pas très à l'aise. Ce n'est pas du tout son style d'exagérer en ce sens, comme il lui arrive parfois, de se laisser aller et de faire l'enfant. C'est tout juste si on ne lui rend pas le plus grand service en ne lui en rendant pas, mais, tout au contraire, en lui en demandant un. Il suffit de discuter devant elle des possibilités pour nous d'acquérir telle ou telle chose et ma mère est aussitôt stimulée. Mais j'ai, de toute façon, beaucoup trop de fauteuils, de tables et de livres, qu'est-ce qu'il vous faut, ne voudriez-vous pas que je vous procure encore quelques bouteilles de ce chablis proposé en réclame à prix avantageux, ici, dans mon supermarché de banlieue, ici je trouve d'ailleurs aussi cette variété de fromage que vous avez tellement appréciée l'autre jour. Son plus bel élan est éveillé par son gendre, lorsqu'il exprime un désir particulier.

*

Il y a quatre mois maintenant que, sur nos visites à la mère, j'ai pris les notes suivantes, aussi distantes que glaciales : « Trois heures, c'est ce que les enfants ont passé auprès de la mère. C'est beaucoup par rapport aux relations qui existent entre eux. Ces relations sont extraordinairement étroites, nullement froides, nullement relâchées, mais il n'est pas possible de se voir très souvent. Les enfants ont leur profession et toujours quelque chose à faire. Oh oui, vraiment toujours. Jamais ils ne pourraient vous faire la surprise de vous communiquer spontanément : Nous n'avons absolument rien de prévu, qu'en dirais-tu si on se retrouvait? Toute rencontre avec les enfants est chaque fois préparée d'assez longue main. Ou alors il faut bien poser carrément soi-même la question aux enfants, et dans ce cas on se sent quand même du toupet : Serait-il envisageable que vous fassiez aujourd'hui un sacrifice exceptionnel, et, au cas où vous pourriez seulement y réserver un tant soit peu de temps, serait-il imaginable de nous rencontrer? »

Mais cette humilité dans l'interrogation, la mère l'ignore. La fille reçoit un petit coup au cœur, qui l'effraie, quand elle estime que la mère, dans ses questions, est, à la limite, d'une trop grande insouciance : Ne pourriez-vous pas, demain après-midi, pour changer, me retrouver en ville et me procurer en chemin un de ces agendas que j'utilise pour y inscrire mes notes quotidiennes, vous serait-il possible d'aller prendre pour moi, au passage, un manteau que j'ai donné à transformer à l'atelier de couture?

Le petit coup au cœur donne à réfléchir à la fille. Il se peut que l'objection intérieure formulée de temps en temps par la fille à l'égard de la mère contribue à la sincérité de leur relation. C'est un tort, c'est principalement un signe d'indifférence si, plongée dans une paix factice, je me mettais à penser seulement avec sérénité à la mère, sans tenir compte de ses réalités. Je ne puis tout de même pas, si je m'intéresse sérieusement à elle, estimer aveuglément que tout va pour le mieux. Monsieur Goethe peut toujours me donner une indication utile. Un jour qu'il se trouvait en compagnie de Wilhelm Schlegel, du sculpteur Tieck, de Riemer et de H. E. Robinson, et que la conversation roulait sur l'orientalisme, que Goethe ne pouvait souffrir, il dit à Schlegel : « J'aime assez qu'il existe une chose que je déteste. On court sinon le risque d'aller trouver stupidement bon n'importe quel objet à la place qu'il occupe, ce qui signifierait pourtant la fin de tout sentiment authentique. » Comme si j'avais retrouvé le calme grâce à un signe d'amitié, j'ai conclu une paix entre les défauts et les vertus, temporairement. Si ma mauvaise conscience devient pour moi une habitude, alors je surestime mon moi moral. C'est comme ça, quoi. Hypocondre que tu es. Tu n'es utile à personne.

A l'occasion pourtant, la mère se rend compte qu'elle est totalement seule. Les choses qu'au cours des dernières années d'une vie on doit apprendre totalement seul sont les plus dures à apprendre. On n'éprouve aucun enthousiasme pour le programme à ingurgiter. Il ne procure ni joie ni ambition. Les progrès accomplis n'ont pas grand pouvoir de séduction, ils ne sont qu'une douloureuse nécessité. Comme jadis l'apprentissage des premiers pas, de la position assise, de la station debout, de la préhension et des premières paroles aussi, et avec le même degré de difficulté, la mère doit faire celui de la moindre manifestation de sa solitude, toutefois la curiosité qui stimule l'enfant a totalement disparu.

Cependant, le plus souvent, la mère ne se croit pas aussi totalement seule qu'elle l'est au milieu même de l'entourage familial. Elle n'est pas capable de nourrir une quelconque suspicion à l'égard des enfants, il serait d'ailleurs impossible de l'y induire. « Voilà pourquoi, quand les enfants se laissent mettre à contribution, elle y voit un sacrifice sur leur temps, certes, mais non une faveur. Après tout, cela n'arrive pas si souvent, et cela ne dure jamais longtemps. Cette moitié de journée passée en commun fut vraiment une exception. » Elle n'est pas folle, au sein de la famille, sa conscience d'elle-même est parfaitement formée, mais cesse dans le monde extérieur, quel qu'il soit. Même en présence d'une fillette du voisinage, elle se montre farouche. Je l'ai observée sur le pas de sa porte. La fillette, c'était bien elle, c'était elle qui parlait timidement et sans assurance, c'était elle qui avait l'air embarrassé, nullement la fillette.

*

Quand je suis obligée d'entreprendre des voyages, l'inquiétude à l'égard de la mère est presque, en même temps, une quiétude. A chaque fois, avant que j'aie écrit à la mère, d'une chambre d'hôtel ou d'un buffet de gare, en attendant la correspondance, si bousculée que je sois pour ce faire, et si minime que soit la patience dont je dispose pour mon écriture sur les cartes postales, avant que j'aie écrit donc, je suis insatisfaite, en proie au sentiment que quelque chose reste à faire, comme lorsqu'on prépare les bagages, comme s'il manquait quelque chose ou comme si je n'avais pas encore pris le billet de retour, comme si je ne m'étais pas encore lavé les mains. Le petit mot plus ou moins long envoyé en cours de route, parfois entre-temps dans la journée, est comme une opération, venue à échéance, d'hygiène et de mise en ordre. Devant ces cartes et ces lettres, je végète dans des efforts excessifs et convulsifs, dans un charabia stupide, en butte à un assaut et à une tempête d'absurdités.

Le premier courrier adressé à la mère me libère

un peu. Je me sens soulagée, comme quand je décide de prendre un train partant encore plus tôt en direction de la prochaine gare, et peu m'importe l'attente prolongée pour la correspondance. Cette absurdité ainsi échangée contre une autre me convient. Chère maman, tu vas bien, j'espère? Relater ensuite comment je vais moi, ce qu'il en est des gens rencontrés, des chambres d'hôtel, du temps qu'il fait, des impressions recueillies pendant le parcours. Ne te paraît-il donc pas évident que la mort est obligatoirement pour nous tous le projet d'avenir le plus important? Moi, par exemple, regarde-moi, est-ce que je ne vis pas, moi aussi, à partir de la mort; il faut définir la vie à partir de la mort.

Oh, pourvu que des phrases de ce genre, monstrueuses et insolentes, les plus affectueuses pourtant, ne viennent pas se glisser sous ma plume! Pourvu que je me cantonne dans les informations simples : N'importe quel café servi à l'hôtel constitue, comme jadis et naguère, une insulte et une escroquerie. N'importe quelle salade mélangée dissimule, comme toujours et partout, un attentat criminel et un complot meurtrier. Que les hommes deviennent niais et me paraissent déplaisants, et que les femmes me semblent définitivement haïssables, lorsque les uns et les autres, à la vue de mes paquets de gauloises, écœurés par leurs propres cigarettes minables, me tapent, extasiés et gloutons, fascinés par une complicité secrète, et, commettant un délit, font disparaître par leurs suçotements mon tabac en fumée, comme s'ils y trouvaient un soupçon de perversité criminelle, comme s'ils fumaient du hasch. Quand je réserve une chambre d'hôtel, on me rend la monnaie de ma pièce. Le personnel hôtelier est un syndicat de truands. Vacarme du trafic qui est volonté d'homicide. Il n'y a rien là qui convienne à la mère, ni pour les thèmes ni pour le style. Ma mère raconte : Figure-toi, je me suis acheté un bonnet de laine. Et puis j'ai trouvé des chaussures, très chères, mais d'une beauté irrésistible, or je n'avais pas assez d'argent sur moi, et comme il me faut des chaussures, je demandai si je pouvais payer par chèque, rends-toi compte : tu me vois, moi, payer avec un chèque? Ainsi que tu peux le constater, je fais des progrès, qu'en dis-tu, peu à peu, je finirai bien par apprendre. Et ce monsieur Ludwig fut très aimable avec moi. C'est le patron. Mais en rentrant, j'étais rudement fatiguée! Ça représente tout de même de véritables excursions quand il m'arrive d'aller en ville. Et c'est pas croyable, tout cet argent qui vous fond entre les doigts à chaque coup!

C'est seulement ma voix qui rend alors la mère quasi embarrassée, ce n'est qu'après avoir entendu ce que je pense à ce sujet qu'elle est déconcertée par une témérité nullement pressentie : c'est qu'elle forme sérieusement des projets de voyage! C'est qu'elle se demande réellement si elle ne doit pas se résoudre à prendre un abonnement de théâtre! Et lorsqu'elle s'aventure même à nous englober dans ses plans, je me fais tellement sévère qu'elle en est toute honteuse. Il est chassé alors, le souvenir de mes références aux veuves douées d'une vitalité plus grande. L'exposé que, d'une voix prudemment réjouie, elle vient tout juste de me faire sur ce qui était un germe de vitalité, eh bien, je l'ai passablement mal accueilli. Elle le sent, cela lui pèse, elle ne s'y reconnaît plus, car aucun reproche ne me visait, elle ne se méfie pas de moi, elle ne s'y reconnaît plus parce qu'elle rate le destinataire et se méfie d'elle-même. C'est un fait, pourtant, qu'on lui cite assez régulièrement en exemple la vie que mènent d'autres veuves. C'est pourtant toujours indiqué, quand un état d'âme maussade de la mère risque de gagner aussi ses proches. Regarde donc un peu, par exemple, cette veuve, ta cadette de plusieurs années et qui fait partie de mes amis. Quelle énergie dans ses initiatives, quel dynamisme, et cela ne l'empêche pas pour autant de cultiver encore le souvenir de son mari défunt, elle n'a pourtant pas vraiment la vie facile, à cet âge non plus il n'est pas simple de surmonter une perte, ne crois surtout pas cela.

Ma mère ne le croit pourtant absolument pas. Et puis, cette veuve de magistrat, du même âge que toi, approximativement, intérêt particulier : le tourisme. Elle tient merveilleusement le coup.

Une fois par mois, les collègues retraités se retrouvent, en compagnie de leurs épouses, chez Stifter, au restaurant du Parc. Les veuves y sont invitées aussi. Cette veuve de magistrat qui a le goût des voyages plonge la mère dans l'étonnement. Il faut l'entendre parler, il faut l'entendre rire! Le tout sans lésiner. Elle fait de petites conférences, avec pour sujet : le pays, la ville, les habitants découverts lors du dernier voyage qu'elle vient d'accomplir. Si je pouvais lui ressembler, se dit la mère qui se sent aux antipodes. Penses-tu que j'arriverai jamais à devenir assez autonome pour voyager moi aussi, demande-t-elle à sa fille? Tu n'iras sûrement pas en Afrique-Occidentale, ni dans l'archipel des Lofoten, et pas même à Prague, mais quant à devenir plus autonome un jour, pourquoi pas, dit la fille avec un mauvais pressentiment mélancolique.

A cette occasion, elle avait également consolé la mère par la promesse ferme que les premiers voyages sans le père pourraient bien être des voyages avec les enfants. Et le manque d'autonomie? Mais il ne révèle quand même rien d'autre que l'excès de symbiose, cette perfection d'antan, d'avant, puisque c'est quand même ensemble que vous avez réalisé l'idée de symbiose, toi et papa, rien d'étonnant donc que, maintenant, s'ouvre là un vide, un manque, une lacune impossible à combler, qui donc mène une vie de cette qualité, ou qui a vécu une vie et un amour semblables aux vôtres, dans un engagement réciproque pareil, sans prendre de mesquines mesures de prévoyance pour le temps qui suivrait la mort de l'un des deux? Cette veuve de magistrat, à ta place, je ne l'admirerais pas : de quelle espèce de vie conjugale peut-elle bien rétrospectivement se prévaloir? Et je l'envierais bien moins encore : te viendrait-il donc à l'esprit d'être jalouse d'une indigence affective? Ce que tu peux faire maintenant incroyablement bien, de façon autonome, c'est de te souvenir, c'est d'insérer dans le présent, sous forme de souvenir, ta surabondance ou quelque chose comme cela, tu sais ce que je veux dire. Ce que tu peux le mieux sans l'aide d'autrui, c'est d'être en deuil.

Enfin, enfin, le moment est venu où la fille, tout simplement pour des raisons d'ordre physiologique, ne peut plus poursuivre le flux de ses paroles pédagogiques, ergoteuses et pharisiennes. Sa cavité buccale est comme revêtue d'un pelage. Les glandes salivaires ne sécrètent plus d'humidité, c'est fini, enfin, enfin. Ai-je eu le temps ou non, avant que les fonctions biologiques ne se récusent ainsi, de dire encore à la mère : Dernièrement encore, un homme assez jeune est décédé, c'était un de nos amis proches, il est mort subitement, il avait presque trente ans de moins que papa; n'ai-je pas raconté cela dans un certain esprit vindicatif, avec une joie maligne et à titre de remontrance, comme si je critiquais ses sentiments, comme si, depuis cette mort, le deuil porté pour quelqu'un qui avait pu vivre trente ans de plus me semblait suspect? Mon intention est-elle de lui faire peur, de lui donner mauvaise conscience? Allons donc, il faut voir comme sur-le-champ, elle manifeste, et avec quelle compassion et quel oubli de soi, sa sympathie pour cette compagne d'infortune si scandaleusement plus jeune qu'elle, cette nouvelle veuve, c'est tout juste si elle ne s'interdit pas de s'associer à elle comme compagne d'infortune.

Dis-lui donc, à l'improviste, quelque chose de tout bêtement gentil! Dis-lui : S'il nous faut, sur cette terre, renoncer à la présence d'un nombre toujours croissant de personnes, nous devrions plutôt nous en réjouir, puisque du même coup le ciel devient une résidence plus accueillante. N'est-il pas rassurant de voir mourir des gens sympathiques, des gens divertissants – le père se retrouvera ainsi au sein d'une société toujours plus nombreuse, plus variée, il n'aura pas besoin de se figer uniquement dans des attitudes respectueuses pour converser, par exemple, avec Kierkegaard et Goethe. On ne doit pas non plus s'imaginer toujours qu'il n'y a pas d'alternative véritablement savoureuse à la vie. Simplement, parce que nous n'en savons rien. Moi, c'est ma façon de voir. Il est raisonnable de prendre patience. Foi, Amour et Espérance sont raisonnables. C'est presque amusant, non?

Papa a souffert d'avance du chagrin qui serait le nôtre à son sujet. Souvent, il le portait sur son visage. C'est ainsi que j'explique sa vulnérabilité de chaque instant. Cesse donc maintenant, entre quatre et cinq en ce mardi, d'être si découragée, car nous devrions œuvrer à la rédemption de papa. C'est exténuant d'aimer dans ce climat de retrouvailles douloureuses.

En recevant la nouvelle du décès de cet ami assez jeune encore, j'ai aussitôt pensé devoir noter à ce sujet tout ce qui me viendrait à l'esprit. Moi, j'ai aussitôt considéré chaque sentiment comme prêt pour l'impression. Toi, tu n'es pas assez présomptueuse pour te livrer à des plaisirs cérébraux de cet ordre. Il t'arrive souvent, le matin, de ne pas être contente du tout de te réveiller? Difficile à comprendre. Ne te vient-il donc pas à l'esprit que tu es parfaitement en mesure de recommencer à penser! Le travail de la pensée sur le deuil procure à l'intelligence une joie nouvelle, et fière. Entreprendre une pensée, se faire porter plus loin par elle, la laisser déboucher sur une autre pensée, sur ce prolongement surprenant, et avoir la curiosité de suivre le prolongement, voilà bien une ressource inépuisable. La faculté de penser, n'est-ce pas le meilleur côté de ton autonomie et le plus satisfaisant aussi? Les abonnements de théâtre, les voyages de vacances, il ne faut pas s'attendre à grand-chose dans ce secteur-là de l'autonomie.

Encore une bassesse que je glisse à la mère, allusivement tout au moins.

*

Prochainement, la fille et le gendre profiteront d'un déplacement professionnel pour aller voir aussi des parents. Il s'agit de la fille aînée de la mère et du mari de celle-ci. Les filles s'aiment beaucoup, leurs époux respectifs inclus. Dans cette famille, de toute manière, on s'aime beaucoup. On est désarmé face aux plus insignifiantes mesures restrictives qui pourraient être prises à l'encontre de leur affection et qui, par conséquent, ne peuvent être prises. Il faut toujours qu'on le répète. C'est si exotique. Cela se voit rarement.

La mère a soudain envie d'être du voyage. Il est vrai que par précaution, on l'avait tardivement mise dans la confidence du projet, mais elle estime qu'il est encore largement temps pour concrétiser sa résolution de passer enfin, maintenant, la première épreuve de semi-autonomie. SANS LE PÈRE, cela devait signifier, n'est-ce pas, dans un premier temps, AVEC LES ENFANTS, et elle ose se souvenir. Bien sûr, elle a aussi sa peur habituelle, il n'y aurait pas eu la moindre nécessité de l'y pousser, car chez elle, la peur est un réflexe. Elle aura certainement du mal à se secouer. Mais il suffirait amplement, pour la persuader, de simples paroles cordiales, et rien de plus. Viens donc avec nous, mais oui, c'est magnifique, tu as enfin, tout de même, envie de quelque chose de ce genre.

Au lieu de quoi, nous nous préoccupons des scrupules de la mère. Intérieurement impatiente, je fais mention, par exemple, du fait qu'aucun de nous n'aura beaucoup de temps à lui consacrer. Peu lui importe. Et tu penses vraiment pouvoir dormir là-bas, car on ira à l'hôtel? Le soir, on se couche toujours très tard, ça va te déranger, si tu passes la nuit là-bas. Entendons : c'est nous que ça dérange.

A la suite de conversations téléphoniques avec ses filles, la mère a largement fait siens ces scrupules que ses filles lui avaient présentés, enrobés d'une grosse couche de bonnes intentions affectueuses, et elle a également appris à les qualifier de RÉALISTES. Elle ne se doute pas le moins du monde à quel point elle est altruiste quand elle récite par cœur sa leçon : Pour MOI, ce serait trop fatigant. JE suis assurément on ne peut plus sotte et inerte, mais JE ME sens mieux à l'idée de rester à la maison.

Il y a belle lurette que les filles et les gendres peuvent s'offrir le luxe de se lamenter sur l'inertie de la mère. Il y a belle lurette, prétendent-ils, qu'il est difficile de la faire changer d'avis et de décourager cette tendance acquise à n'avoir envie de rien.

Mais non! Une fois de plus, il n'y a pas un mot de vrai dans tout ça! Elle retrouverait aussitôt son sentiment premier. Il suffirait que je déclare, sans élever la voix le moins du monde, sur un ton simplement placide et péremptoire : Ce sera certes un peu fatigant pour toi, tous ces changements de train, et puis là-bas, mais ne te mets pas martel en tête pour ça, c'est ainsi, que veux-tu, quand on entreprend quelque chose, en outre, n'oublie pas que nous serons là, de temps à autre, il faut bien se surmener un peu, pour qu'on retrouve après plus de plaisir à se reposer, hein?

As-tu d'autres problèmes encore, dis-moi tout, quoi d'autre encore qui te soit trop pénible? L'achat de francs? Bonté divine! Mais pour quoi faire, de quoi aurais-tu donc besoin, et puis des francs, on en a. D'autres gants? Ce n'est quand même pas si important. Pas d'histoires, viens avec nous, tu verras bien, ce sera sûrement agréable.

Des phrases qui n'ont pas été prononcées. En réalité, à une veuve comme celle-ci, on devrait dire : Tu es seule. Tu entends : seule. Tout le reste relève de la tactique. Cet état te réservera sûrement aussi des agréments, mais plutôt sous la forme d'illusions un peu folles. De fait, nous t'aimons comme des fous. Et quand il s'agit de passer aux réalisations, nous restons bloqués comme des fous. Mais lorsque cesse cette folie, c'est la vérité qui apparaît : à présent tu es seule, simplement seule, tout à fait seule. Il n'y a plus, désormais, que cette unique évidence.

*

La mère a avoué au gendre, mais uniquement sous le sceau du secret, qu'elle avait été prise de vertiges sur l'escabeau. Et ce n'était pas la première fois que ça lui était arrivé. Cependant, il ne faut à aucun prix que la fille l'apprenne. C'est absolument promis, hein? Promis-JURÉ, dit la mère, ce en quoi je la retrouve entièrement, ma mère, cette personne d'autrefois, privée de vie personnelle, une personne exempte d'infirmités, une personne vouée aux enfants, et moi, je reste, comme par le passé, quelqu'un qui ne doit pas être inquiété par quelqu'un du genre de ma mère, quelqu'un qui a SA VIE À SOI et à propos de qui quelqu'un comme ma mère doit dire PROFITES-EN, et c'est seulement ainsi que, en tenant secrète son identité corporelle, incorporelle, elle devient pour moi identique à elle-même. Elle est l'une des plus belles inventions qui soient en ce monde. Elle redevient, en disparaissant pour moi, l'exaucement du beau rêve le plus apaisant qui soit. Mon père n'est en quelque sorte pas mort. Mon âge en quelque sorte n'a pas été vécu.

Dès demain, ma mère me reviendra à l'esprit, sous les espèces d'une femme seule, tout juste septuagénaire, comme pourrait la désigner un gros titre sur la page régionale du journal, à l'occasion de quelque fatale tentative de traverser la rue. UNE VIEILLE FEMME HAPPÉE PAR UN VÉHICULE : jamais encore cela ne m'avait concernée. Jamais encore il ne m'était venu à l'esprit qu'il serait un jour permis à un journaliste d'appliquer son langage impudemment égalisateur à ma mère. Mais s'il survenait à ma mère un accident suffisamment grave pour que le journal en fasse mention, ce serait très exactement de cette manière-là qu'on en ferait une VIEILLE FEMME anonyme. Je pourrais déjà être contente si le correspondant et le rédacteur de la page régionale trouvaient ma mère, somme toute, assez intéressante pour la faire figurer parmi les petites nouvelles.

Il faut parler de la mère d'une façon plus sereine, plus détendue. Elle déteste franchement avoir à célébrer prochainement un anniversaire solennel. Elle ne veut cependant pas faire jeune à tout prix grâce aux artifices bien connus. Elle n'est pas de celles qui, à coups de perruques, de fards et d'accoutrements bariolés, cherchent à se dissimuler leur âge, elle n'a rien à voir avec cette vaine désolation. Il est vrai qu'elle n'aime pas du tout porter des vêtements foncés. C'est ainsi qu'elle préfère les corsages clairs. Si elle ne programme pas sa nourriture selon un tableau de calories, cela n'a rien à voir avec quelque mépris de sa santé, elle tendrait plutôt à succomber régulièrement à telle ou telle tentation. En fin de journée, elle n'a nullement besoin de se démasquer pour réintégrer la personne véritable, simplement âgée, rongée de hargne et pleine d'horreur à l'égard de cette guigne mal reniée pour quelques heures : elle-même.

Pourquoi faut-il donc que je m'assure de cette probité dans la vie quotidienne? Je sens qu'en réfléchissant à ma mère, je suis toujours prise d'un désir de vengeance à l'encontre de ses compagnes veuves et non veuves. C'est comme si j'éprouvais le besoin de justifier sa vie. Je déblatère contre d'autres modes de vie : c'est ma façon de prendre la défense du sien. Au fond, elle ne fait, après tout, absolument rien d'erroné. Au fond, moins que jamais, dans ses erreurs évidentes. Est-ce donc erroné de sa part de vivre la privation qu'elle subit, sans faire preuve d'une grande habileté?

Mais, au vrai, elle ne se laisse pas même aller. Elle continue, n'est-ce pas, de tenir tout en ordre. Le programme de ses journées est préparé de façon si consciencieuse et si propre à inspirer confiance, eh oui, préparé de telle façon qu'elle semble le tenir prêt pour des familiers, dont l'absence actuelle n'est que provisoire. A tout moment, le père pourrait franchir à nouveau le seuil.

Au fond, tout ce qu'elle fait, après tout, est juste. Elle se borne, après tout, à être très triste, par moments. Les phases moins bonnes commencent déjà à être plus rares. N'en serais-je donc pas contente pour elle? Comment peut-elle avoir seulement envie de participer à n'importe quels voyages entrepris par nous autres, ses enfants logiquement renégats? J'adresse une lettre à l'hôtel choisi pour nos vacances et me contente de m'informer des prix pour nous. Je me contente de retenir notre chambre. Je ne m'enquiers pas en cachette, pour lui faire la surprise, eh oui, elle considérerait déjà comme une surprise heureuse cette amorce, cette petite chose : je prenais la peine de la faire figurer dans ma lettre – je ne m'enquiers pas d'une chambre individuelle en pension complète pour elle, je ressens, à chaque syllabe que j'écris, la vilenie de la passer sous silence, s'il vous plaît, la preuve, n'ai-je peut-être pas les yeux noyés de larmes qui m'inondent jusqu'au cou, n'y a-t-il pas là, peut-être, une torture, et cependant, je ne fais rien pour mettre un terme à cette torture ou pour la modifier; et ma compassion envers ma mère, comme toujours et quel qu'en soit le motif, n'est rien d'autre pourtant que ma compassion envers moi-même : une fois de plus, nom d'une pipe, je suis incapable de me réjouir sans restriction, une fois de plus, je n'arrive pas à goûter pour mon propre compte une jouissance isolée, une fois de plus ce blocage, ne voilà-t-il pas qu'en plus de moi, il y a bel et bien un autre être, quelle arrogance : ma mère.

Tout à fait normal que la mère ait encore quelque desiderata. Tout à fait normal que, depuis que papa n'est plus, en avoir n'avance à rien : c'est là une équation toute simple à deux variables non inconnues. D'autres femmes de cet âge, veuves ou non, auraient quant à elles, tout aussi bien un certain nombre de desiderata pour leur propre compte. Pourquoi, à l'occasion, ne pas profiter un peu de ses enfants? Ah, ne dites pas cela, ma mère à moi, c'est tout à fait autre chose. Si je vous compare à elle, je vois clair dans tous vos masques grimaçants décomposés par l'égoïsme.

Mais il ne m'est pas davantage possible d'admettre que ma mère, lorsque, par exemple, on décrit sa modération, devienne un peu objet de dédain, une créature de fable. Et j'affirme qu'elle n'est nullement une veuve exceptionnelle. Elle ne souffre pas de maladie psychique, elle n'est pas atteinte d'une dépression organiquement manifeste, elle ne relève absolument pas du type dépressif. Elle est triste, quoi. Elle peut être gaie, et elle l'est. Ah, comme elle est parfaite dans les deux cas. Elle n'a pas mis un terme à tout ce qu'il y avait avant. Elle n'a pas cessé de prendre part. Elle continue de lire le journal à fond. Elle ne rate qu'avec regret les événements du jour. Elle se rend au salon de coiffure uniquement, dit-elle, parce que c'est le tour de sa chevelure et non de son âme. Quant aux interventions plus essentielles de chirurgie dentaire, même avant qu'elle fût devenue veuve, elle ne s'y serait prêtée qu'à contrecœur, donc aussi peu volontiers qu'aujourd'hui. Elle fait ses emplettes, elle se procure les aliments auxquels elle est habituée depuis toujours, et comme elle a fait des progrès dans son apprentissage du veuvage, elle s'est mise récemment à se procurer aussi des choses qu'auparavant, le père seul avait trouvées à son goût, et elle ne tardera pas à s'attaquer à des choses qu'elle seule avait trouvées à son goût et que le père lui apportait pour la gâter. Est-ce bien cela? Sans doute pas. Du temps du père, ce n'étaient tout de même pas ces minables petits pots de pudding. Qui, par conséquent, s'occupe maintenant de ces petites récompenses pour rire, de ces extras superflus? Quand donc le jour viendra-t-il où elle fera ce geste d'elle-même, rien que pour elle-même : entrer dans la pâtisserie, faire son choix devant les présentoirs à tartes, en sentant d'avance l'eau lui venir à la bouche? Et que pourra bien être alors le déballage au retour, et que sera la dégustation sans témoins, sans aucune indulgence venant de qui que ce soit?

Cependant, elle fait venir le jardinier, elle souscrit à titre complémentaire, un second abonnement à un journal de large diffusion, et bien d'autres idées lui viendront encore.

Tout, mais vraiment tout, lui paraît de temps à autre, sans réserve, superflu. Par contre, sans réfléchir, elle modifie l'habitude qu'elle avait prise pour les fins de semaine, et ne fait pas ce voyage de quelques kilomètres pour se rendre à son refuge des fins de semaine, auprès de ses sœurs, mais non, elle reste chez elle, c'est son devoir de grand-mère, le petit-fils ayant exprimé l'intention de passer la nuit dans sa maison; elle y restera donc pour lui, et elle va faire ses emplettes, sans entrain, prompte à se laisser distraire, pleine de patience : c'est une bonne chose, n'est-il pas vrai, concéderait-elle à n'importe qui.

*

La tradition respectée dans notre famille, et qui était de prendre les anniversaires au sérieux et de les célébrer en commun, pourrait avoir été une erreur. A coup sûr c'était une imprudence. Il est imprudent de s'aimer éperdument, corps et âme. Tout d'un coup, au beau milieu du mois, par une journée de septembre qui a brusquement perdu sa banalité, il faut fêter le cinquante-quatrième anniversaire des fiançailles de la mère en tant que veuve. On fera tout comme d'habitude, et on n'en fera pas une affaire d'État, d'accord?

Mais le moyen de faire tout comme d'habitude quand le père n'est plus là, ce cofondateur de TOUTE CHOSE, de TOUJOURS? Mais ça marche, ce n'est pas du tout si dur, ça nous paraît même presque facile. La fille et le gendre font une exception en passant des heures entières chez la mère. Exceptionnellement, elle a accepté cette exception en ayant quasiment conscience de sa propre valeur. Elle l'a même sollicitée, sans se mettre à genoux. Si ça se trouve, presque exigée? Quand même pas. Mais où a-t-elle pris sa fierté, pourquoi n'a-t-elle pas été humble? A l'occasion d'une date pareille, elle sent qu'elle a été distinguée par le père, il s'est fiancé avec elle, elle a bien le droit, elle aussi, de s'apercevoir une fois qu'elle est quelqu'un qui compte.

Au moment de faire des projets pour ce jour de septembre, la mère devait cependant, comme toujours, envisager l'éventualité d'entendre dire sa fille : Quelle guigne abominable, mais ça ne colle pas du tout, ce fichu rendez-vous, impossible de le reporter. Et alors la mère ne se serait pas plus lamentée qu'elle n'aurait supplié, et elle n'aurait pas même bougonné. De toute façon, nul ne peut être sûr de ses rendez-vous, et ce jusqu'au moment où ils sont confirmés, voire jusqu'au début de leur réussite, un contretemps peut les modifier et les raccourcir, et il faut s'y attendre à tout moment.

L'autre jour, pour une fois, la mère a été contente. Un joli projet d'être avec nous lui a assuré d'avance le bienfait de toute une journée programmée et illuminée de paix, encore un de ces anniversaires redoutés. Dans la première année sans père, les jours de cet ordre prennent quand même encore un poids excessif. Les nombres, de toute manière, intimident la mère. Les nombres, elle en a une expérience toute personnelle. Bien sûr, elle partage les rires des autres, quand ils se moquent un peu de sa « nombrophobie », mais son regard demeure alors morose : comment avait-elle pu laisser se produire cette collision, celle du 13 d'un mois avec un rendez-vous chez le docteur? Cela doit évidemment tourner mal.

D'heureuses combinaisons de chiffres, par conséquent, ça existe bien sûr également. Des points fixes pris dans la vie de papa, voilà de bonnes dates. Lors du premier retour de l'anniversaire du père, célébré après sa disparition, ma mère s'est livrée à l'impact autoritaire de cette date en adoptant une attitude délibérément rituelle et enfantine, délibérément docile. Ce genre de choses, elle n'aime pas en faire une habitude, une solennité imprégnée d'encens, jamais elle ne sera une ambitieuse veuve pro, jamais son logement ne sera transformé en archives paternelles, où l'on trébucherait sur une multitude de souvenirs, où, à chaque geste, on renverserait une photo. Elle expédie les tâches de la commémoration pour elle-même. Nous autres, nous ne participons qu'aux occasions qui requièrent la convivialité. Lors de ce premier anniversaire après le premier jour du décès, il s'est trouvé, du reste, que nous étions en voyage.

Ma mère ne nous a jamais fait de relation complète de cette journée. Ce qu'elle a fait, elle le dit quand on le lui demande. Quant à ce qu'elle a senti, on ne le lui demande pas.

De cette journée s'est détachée pour elle une petite expérience remplie de signes et même presque réjouissante, et elle nous l'a décrite sur une carte postale expédiée à notre lieu de vacances. A mon idée, elle avait été dès le départ quelque peu somnambule. C'est ce qu'elle appelle être FATIGUÉE, moi pas. En faisant ses courses, elle était menacée à l'extrême par les dangers de la circulation. Comme victime potentielle d'un accident, elle a commencé, ce jour-là, par liquider les tâches quotidiennes du ménage. Après quoi, elle a circulé dans la maison comme en transe, et sans la moindre perception d'elle-même, se dirigeant en somnambule, précisément jusqu'à l'armoire à vêtements de papa, elle a avancé la main à l'intérieur, précisément vers le costume dont un tabou l'avait tenue à distance jusqu'alors. Ce costume-là, il l'avait porté le dernier jour où il se sentait bien, où son bon état physique et moral nous avait si profondément déconcertés et nous déconcerte encore. La mère, toujours aussi rêveusement somnambule, a su en pleine énigme trouver une foule de solutions, elle a pu alors, sans redouter son contact, tout d'un coup toucher ce costume. Elle éprouvait un sentiment de douceur et de grâce. Elle plongea la main dans les poches du costume. Dans l'état de torpeur qui était le sien, elle avait si peu de pesanteur. Elle était, en vérité, particulièrement éveillée. Elle n'était ni intimidée ni oppressée; ses gestes ne ressemblaient en rien à ses habituelles approches des objets – signes de vie – que le père avait rangés ou laissés traîner là.

Et c'est alors qu'elle a fait sa trouvaille. Dans la poche intérieure droite du gilet, sa main a rencontré quelque chose de lisse et de rond. Ainsi a-t-elle déjoué une cachotterie du père, et découvert une cinquième montre. Le père ne défendait jamais sa passion de collectionneur au-delà du nombre QUATRE : APRÈS TOUT, J'AI QUATRE ENFANTS, déclarait-il toujours alors, afin de tempérer les alarmes de ma mère. Les quatre enfants s'étaient vu attribuer les quatre montres qu'il n'avait point passées sous silence. Du fait de cette cinquième montre sans destinataire officiel, cette vieille montre de poche en or, particulièrement belle, portant des initiales et une date, munie d'une chaîne, ma mère a eu le sentiment d'être le cinquième enfant de mon père, sa protégée, et digne d'être prise en considération autant que ses autres enfants.

« Au fait, il faut quand même que je vous raconte l'étrange aventure qui m'est arrivée. Bon, vous êtes bien au courant de ces quatre montres que papa possédait et dont une devait revenir à chaque enfant selon sa volonté. Et c'est bien ainsi que j'ai procédé... Or, je ne sais pas trop, comme en transe, je suis allée, après avoir fait mon lit, ouvrir l'armoire à vêtements de papa, j'en retire le costume qu'il avait porté le 19 septembre, je le déplie et j'en viens au gilet. Devinez ce que j'y trouve? La chaîne à la boutonnière, comme il faut et comme il la portait toujours, une montre, glissée dans le gousset du gilet, elle aussi pourvue d'un couvercle à ressort et gravée à ses initiales. Je savais bien qu'il en portait toujours une, mais je pensais que c'était celle que j'avais donnée à Reinhard. N'est-ce pas bizarre? Je ne sais pas du tout POURQUOI j'allai soudain à l'armoire et je pris dans mes mains le costume! Je détachai la montre et, rayonnante de bonheur, la promenai en triomphe dans toutes les pièces, par la suite, je l'emportai aussi à B.; là-bas, elle resta toujours posée en évidence sur la table. N'était-ce pas là un salut de papa? Pour tout vous dire, je ne pus m'empêcher alors de rire, car c'est EN CATIMINI que cet homme adorable avait encore acheté puis porté une cinquième montre. Ah, tout juste comme pour la pléthore d'éditions de Goethe, les œuvres de Shakespeare, de Lessing, la multitude de Bibles et de Nouveaux Testaments! Ah, qu'il était gentil cet homme, gentil, bien trop gentil! »

Et pas d'autre épanchement de ses sentiments; dans sa lettre, le mystère de la montre est suivi, sans transition, de la description d'un minuscule événement actuel, on a sonné à la porte de la maison, une fois de plus, un gosse du voisinage est venu solliciter quelque friandise. Après quoi, la mère propose à la fille de ne plus fumer qu'une cigarette après chaque repas. « Voilà, je m'arrête, c'est l'heure de la boîte aux lettres. Je vous souhaite une ambiance agréable, bien au chaud, avec une bonne nourriture, DORMEZ bien et soyez en joie. » La fille, à part soi, se récite cette phrase, comme si c'était la dernière ligne d'un psaume à vertu sédative, et l'espace de quelques instants, elle se sent libérée, autorisée à ne plus penser.

Quand ma mère, avant de s'endormir, la nuit, peut conclure, à propos d'une journée – Ah, ce qu'elle s'est bien passée, ce que j'ai encore été gâtée, une fois de plus, par mes enfants, ils m'ont fait sacrifice de leur précieux temps, mon propre anniversaire, la belle, belle journée que ç'a été –, alors elle a le sentiment d'avoir bien fait quelque chose, et c'est pour cela, parce qu'elle a réussi à se réjouir, qu'elle est heureuse, qu'elle est reconnaissante envers tous ceux qui y ont participé également, ainsi qu'envers elle-même. Elle n'a pas flanché. Elle jouit d'un accomplissement, qui s'est effectué impérativement sous le signe du Beau, en raison même de cette date précise, et non pas principalement pour elle-même, mais plutôt par docilité à l'égard du père.

*

Je vais refaire un peu plus de marche, dit-elle, retourner plus souvent me promener dehors; et quand le temps le permet, la mère ne prend plus, en fin de semaine, le tramway jusqu'à l'arrêt du bus d'où elle part pour B., son exil des fins de semaine; l'autre jour, sans qu'aucun projet arrêté y ait présidé, comme cela cadre avec sa vie quotidienne, elle a découvert un chemin qui passe à travers champs et sur lequel, soudain, elle a de nouveau senti, retrouvé un goût pour la nature environnante. Le paysage avait un petit air suranné, et lui a rappelé un tableau de l'école romantique avec décors rustiques. Il y avait un léger brouillard qui réduisait pour elle les alentours aux dimensions d'un détail, leur conférant encore davantage à ses yeux l'aspect d'un tableau; il y avait vraiment là de quoi vous rendre heureux!

Il est des instants, des impressions qui vous bouleversent à tel point qu'on ne peut comprendre le bonheur qui vous assaille. Quelqu'un comme ma mère, que personne n'accompagne sur le chemin désert – seulement à l'extrémité du champ visuel, un homme se tenait près du noyer –, ne se torture pas la cervelle sur son incapacité de s'exprimer, quelqu'un comme elle se met à chanter. Sur ce chemin, à l'aube d'une journée d'automne, lui est aussi revenue à l'esprit la chanson du *Joli Mois de septembre* – mais d'où? D'un passé lointain qui lui était offert une nouvelle fois, tout à coup, un acte de grâce, et ce qui était proche en devenait familier, d'un commerce agréable, facile à comprendre. Tu t'imagines, j'ai chanté à tue-tête. Mais c'est qu'il n'y avait pas un chat. Naturellement, j'ai arrêté sitôt que l'homme qui se tenait contre le noyer aurait pu m'entendre.

Est-ce indiqué d'entretenir la mère, une fois de

plus, de significations transcendantes et d'évoquer – cela viendrait à propos ici – Friedrich Schiller; de l'accabler plutôt que de lui offrir une récompense supplémentaire; de lui faire perdre plutôt sa cadence, en un tel matin qui, comme un chant, lui apporte, amicalement et cordialement, le bonheur simple. Les manifestations du Beau ici-bas, nous pouvons, et même nous devons, les considérer comme des avertissements. Ce spectacle, ce ruissellement de lumière dans le feuillage d'automne, recèle une leçon. Pour le moment, il ne nous est guère possible de la comprendre. Notre sentiment en est l'approche. Cette pluie d'orage, ce graphisme de la neige, cette bonne trouvaille, là-bas : deux collines, comme accordées ensemble avec une précaution extrême, et cette idée ingénieuse : un bouquet d'arbres devant la fumée qui s'échappe d'une cheminée – tout cela, en ce moment, est beau et hermétique. UN JOUR, LÀ-BAS – je t'ai certainement déjà cité ce passage – ce sera la vérité. Nous ne devrions vraiment pas rester aveugles à ces cryptogrammes qui nous entourent, reçois donc ton chemin de campagne comme un message, vois donc dans le brouillard un signe, et le Bien en sera meilleur pour toi, et le Beau sera plus grave et plus beau encore. La vérité là-bas : c'est ici qu'il nous faut la pressentir. Cette contrée est une citation. Nos pressentiments nous rendent tellement vulnérables à tout ce qui est laid, brouillé, mesquin, au mal, quoi; c'est tout de même chaque fois comme si s'éteignait –

disons le mot, après tout, ayons donc ce courage! – la présence du divin; ce qui se joue ici, c'est le naufrage de l'homme incapable d'assumer sa chance de vie, ses moyens de connaissance, l'invitation qui lui est faite de recourir à l'imagination et à l'espérance.

Comme de bien entendu, il est beaucoup plus agréable à la mère que l'on accueille le récit de son bonheur, sur le chemin de campagne, au souvenir de la chanson du mois de septembre, en se montrant simplement amusé, surpris et curieux, et qu'on lui dise OH, S'IL TE PLAÎT, CHANTE-MOI DONC UNE FOIS CETTE CHANSON et DIS, TU M'EN NOTERAS LE TEXTE UN DE CES JOURS, et pas grand-chose d'autre.

Mais pour la promenade autour de l'étang, la mère l'a trop souvent faite avec le père au cours des dernières semaines de sa vie, et elle n'ose pas encore la refaire. Elle veut s'y attaquer prochainement, en notre compagnie. À titre de répétition, nous la faisons sans la mère, après avoir déjeuné chez elle. Ah, cet étang n'est plus ce qu'il était, maman. C'est une bonne chose que papa ne l'ait plus vu dans cet état, ça l'aurait irrité. L'étang empeste, c'est un cloaque cette pièce d'eau qui naguère faisait l'orgueil de la commune, la poignée de cygnes et d'oiseaux aquatiques qui, sans entrain, en vivent toujours nous fait pitié, même les enfants ont déserté l'étang pour aller jouer ailleurs. Mieux vaut pour toi ne pas regretter cette promenade, puisque aussi bien, elle a pratiquement changé du tout au tout.

En scrutant du regard l'air gai et froid, barré par une futaie de pins, afin d'apercevoir la maison blanche où la mère fait sa sieste, j'ai été une fois encore libérée de moi-même par le sentiment que notre petit tour la protégeait, qu'en montant la garde comme promeneurs, nous prenions soin d'elle, et j'ai eu l'impression de n'être plus, pour l'instant, de façon aussi aiguë, cette personne assiégée, dépourvue de patience pour les premières futilités venues.

Oui, mais aujourd'hui, les significations qui transcendent les personnes ne me disent rien, au diable les torturantes énigmes lourdes de sens et ce à quoi renvoient ces beaux sentiments terrestres, aujourd'hui, je veux rester sur cette terre, aujourd'hui, ce défunt m'inspire simplement une immense pitié, car il est défunt. Je veux bien : une rechute de l'âme. Absolument impossible de vivre en permanence dans l'ordre des signes, dans les idées sublimes, éprise de transcendance. Me voici qui contemple une photo prise un dimanche. Le père est venu raccompagner jusqu'à la porte du jardin des invités sur le départ. Auparavant, en enfilant son cardigan d'intérieur beige et moelleux, il a éprouvé un sentiment de confort. Oui, effectivement : un SENTIMENT DE CONFORT du père. Un sentiment comme celui de goûter un abri parfaitement banal dans un cardigan d'intérieur beige et moelleux. La beauté des sentiments terrestres est parfois tout à fait suffisante. Aujourd'hui et présentement, à la vue de cette photo, la puissance de l'imagination est incapable d'aller au-delà d'une veste de laine.

La mère se sait vraiment suffisamment aimée, même maintenant qu'elle est veuve, et peut-être plus que jamais maintenant qu'elle est veuve, et parfois bien trop, et aussi avec trop de compassion, non? Autrefois, on ne lui écrivait quand même pas avec une telle exaltation. Avant, on ne l'a quand même pas embrassée avec une telle intensité conjuratoire. Et cette pression de la main, à quel point peut-elle donc faire illusion en exorcisant la pensée de la mort?

Écoute-moi donc un peu, maman : les morts, nul ne doit les pleurer. C'est pour les vivants qu'il faut s'affliger désespérément, se ronger les os jusqu'à la moelle. Le père, comme tout être qui est mort, a reçu et donné la délivrance, oui, c'est ce qu'il a fait pour nous, il nous a délivrés des sentiments d'angoisse, de culpabilité et de remords, et d'une espérance biologique inconsidérée, d'un égocentrisme et d'un amour-propre lamentables – tu m'écoutes, je trouve que tu ne devrais pas pleurer. Et la mère n'a pas pleuré.

Au fait, où se sent-elle donc moins provisoire et moins expatriée, chez elle, à la maison, ou chez ses sœurs, les tantes des fins de semaine? Il lui faut régulièrement prendre la fuite, d'un endroit à l'autre. Quand on n'a pas sa demeure en soi-même, on n'a de chez-soi nulle part sur terre.

Mais voici qu'on est bien, maintenant on est bien, dit la mère, nous sommes à quatre autour d'une table à thé, nous pouvons maintenant nous appuyer sur le dossier de nos chaises, à chaque fois une étape dans l'émoi est franchie, par exemple, un repas a rassasié son monde, et c'était bon.

Oh si, il y a moyen d'aider la mère. Cette nouvelle cohabitation avec ses sœurs, dans un ménage improvisé et presque un rien bohème, sans habitudes établies par un homme, elle continue encore à s'en étonner et à s'en amuser. Mes tantes ont ouvert leur porte à leur sœur aînée sans façons et pas comme à une invitée. Pas de conventions, pas de fausse sollicitude, pas de simagrées! Leurs vocations musicales embellissent cette communauté retrouvée, où toutes trois paraissent rajeunies, bien plus, j'ai l'impression qu'elles se regroupent comme pour un portrait de jeunesse. Ici, l'on voit des élèves avancées dans les disciplines SÉRÉNITÉ, PATIENCE. Ici, pas de ces sentiments qui offensent l'émigrant. Ici, dans chaque situation, on a le mot qu'il faut, et avec assez de calme, sans trop élever la voix. Finalement, on ne prend rien trop au sérieux. Ici, on prend maintenant quand même un thé, juste après avoir précisément décidé de ne pas en prendre maintenant. Ici se pratique l'affection, sans paroles. Ici, rien n'est prémédité ni simulé.

Lorsque nous faisons une visite, toujours retardée, à ces trois sœurs, c'est la mère des fins de semaine, sororalement transfigurée, qui nous reçoit à la porte. Elle ouvre les bras pour nous accueillir. Elle est un peu embarrassée et pourtant pleine d'assurance aussi, fière, ou peu s'en faut. Aussitôt, elle nous rapporte un détail de la vie quotidienne, anarchique et empreinte de liberté, qu'elle mène à B.; il y a tout de même eu encore une chose qui lui a paru très bizarre, ça lui a pourtant plu, cette vie saugrenue, elle ne voit pas trop à quoi ça rime, elle se porte bien, c'est elle qui le dit. C'était comme une citation de *La Bohème*. Ne veux-tu pas rester ici jusqu'à mardi, maman, ne veux-tu pas venir ici chaque semaine dès le jeudi?

J'enlace ma mère. Dans les salutations de bienvenue, je perçois mes adieux. Ce cher corps chaud et bien nourri est pourtant soudain la chose la plus abandonnée que je connaisse. De l'intérieur de la maison s'échappent déjà les effluves d'un repas préparé en notre honneur avec une solennité facétieuse. La mère ne manquera pas d'appétit. Le gendre la taquinera au sujet de sa portion de dessert, et elle fera tout pour. La mère a une belle journée devant elle. Il suffit d'une seule observation maladroite pour faire perdre la raison à la mère.

Eh oui, brusquement, rien n'a absolument plus ni rime ni raison. Elle s'est aventurée trop loin, trop loin à chaque instant vécu sans le père. Elle pressent la vérité sur son compte, sa situation d'extrême détresse, elle ne se résout pourtant pas à la reconnaître courageusement. Cela ne saurait être! Pourquoi ces larmes me viennent-elles aux yeux? Pour une ineptie! Que je suis sotte. Je n'ai pourtant pas pleuré là où l'on pleure, à son lit de mort, à la chapelle, au cimetière. Aussi bien là, personne ne t'a lâchée, et surtout pas le père. Aussi bien là, rien ne t'a dégradée, tout au contraire. Être offensée, est-ce donc pire que la mort? Mon observation maladroite produit un plan large : la mère pleure de mon fait. Je ne l'ai pas tirée à temps d'un malentendu dans la conversation. Quelle nonchalance : exprimer son opinion! Elle pleure, simplement parce que, maintenant, il n'est personne qui soit solidaire d'elle, par amour, sans argument, dans un élan d'aveugle déraison. En vérité, il n'y a personne, car le père n'est pas là. Plus de filet sous cette corde raide. Désormais, quand on commet des maladresses, on se fait mal à en pleurer.

C'est une expérience, voilà tout. Mais elle ne mérite guère d'être consignée dans le journal intime. Tout ce que ça donne, c'est que la mère a l'air un peu plus avertie. Pendant que la fille, comblée d'effroi, apprend le petit incident par cœur, la mère s'est remise. Elle aurait honte de se figer en une pose rancunière, par compassion pour elle-même, ça non, elle ne se met pas en frais pour sa personne, pas même intérieurement.

A B. cependant, je considère que la mère est à l'abri. C'est que là, les trois sœurs s'installent en toute simplicité au jardin qu'épanouit l'été pour lire des romans d'antan. Laquelle d'entre elles vient donc d'aller chercher les numéros empoussiérés de toute une année du magazine *Jardins et tonnelles*, et l'époussette maintenant avant de s'en délecter, avec une mauvaise conscience aussi fugitive qu'un sourire? La cadette de mes tantes se replonge encore une fois dans les œuvres complètes de Jeremias Gotthelf *. L'aînée de mes tantes, elle, feuillette en ce moment un gros manuel de jardinage à la recherche d'idées nouvelles pour la haie. Et l'on accompagne le tout de framboises au sucre et au lait! Et bien d'autres fantaisies plaisantes, mais un peu bizarres, protègent la mère quand elle est chez ses sœurs.

Mais qu'est-ce qu'elle est encore en train de raconter? Hier, l'une des promenades improvisées qu'elle entreprend avec ses sœurs l'a surmenée. Aussitôt, sa fatigue m'effraie comme le symptôme d'une maladie. D'angoisse, je me mets en colère. Ah, tu peux trouver ça drôle, maman, qu'une fois encore, vous ayez erré à perdre haleine, que ta chaussure soit restée engluée dans un bourbier, et ne viens pas me parler d'essoufflement! Et quelle maladresse là encore : tu n'irais pas chercher de combinaison de mots plus rebelle, mais non, tu dis FRAIS D'OBSÈQUES, et du même coup, tout comme une simple sympathisante, tu exiles l'inhumation de papa dans un désert bureaucratique. Toi qui es la loyauté même, tu n'en tombes pas moins dans le piège de la perfidie universelle. Des

* Jeremias Gotthelf (1797-1854). Célèbre représentant du réalisme littéraire de la première moitié du XIXe siècle.

faux mouvements. Depuis ton faux mouvement d'hier, tu souffres de vertiges. C'est une espèce assez déplaisante de sensation de vertige, une espèce que tu ignores encore. Le pire est passé, mais tu te sens toujours un peu sous le coup. L'aînée de tes sœurs estime qu'à présent, ta démarche est un tantinet étrange. La cadette constate que tu prononces drôlement les mots qui comportent un « u ». Maman, je perds la boule sur-le-champ, qu'est-ce que tu me racontes là encore! Mais rassure-toi donc, puisque je prends des précautions, j'évite de me baisser, mais on ne peut vraiment rien te raconter, c'est ça que tu me dis car, comme il faudrait que je t'aide, tu dois m'aider.

*

A la fille parviennent des questions posées par des personnes compatissantes mais distantes, qui avaient été liées d'amitié principalement avec son père, en y incluant, bien entendu, cette femme, la mère, qui ne se mettait jamais en avant, allant jusqu'à passer inaperçue, jusqu'à s'éclipser au sein de la famille : comment se passaient donc les choses depuis pour la mère, s'était-elle accommodée d'être seule? La fille répond avec condescendance, animée d'un mépris intime pour ces gens qui mettent en doute la faculté d'aimer de la mère. Justement, c'est que tout dépend de la qualité d'une relation, quand il s'agit de mesurer l'intensité de la souffrance, de la privation et du regret.

Où que l'on regarde autour de soi, les relations sont d'une qualité médiocre, ne présentant rien d'exceptionnel. Tout un chacun, n'est-ce pas, se préserve, d'une manière ou d'une autre, du risque d'avoir à trop éprouver. Il n'est pas salutaire de s'aimer mutuellement avec excès. Dans une relation de symbiose, il ne saurait y en avoir un qui s'efface de lui-même complètement. Dans un attachement affectueux, il ne saurait y en avoir un qui se perde à lui-même. Dans un couple, chacun des partenaires doit développer son propre moi, l'entretenir et le soutenir avec un sang-froid consciencieux. Il doit tenir à l'écart de ses liens avec son partenaire une fraction autonome de soi. Et cette fraction autonome devrait, sans charge affective, demeurer détachée de l'autre, pour éviter qu'à un moment quelconque, comme par exemple celui de la mort ou encore simplement d'une séparation plus banale, elle puisse courir le risque d'être contaminée par des sentiments.

La mère, cinquante-trois ans durant, n'a de toute évidence pas vécu de la sorte. Si les gens qui vivent dans des liens affectifs plus ternes et qui tiennent leur égocentrisme à l'écart de la symbiose ont trouvé la bonne solution, elle, alors, s'est trompée sur toute la ligne. Il n'empêche qu'elle a également réussi son accomplissement personnel, et ce vraiment mieux que quiconque; comment a-t-elle bien pu faire? Tout de même, en cinquante-trois ans, elle n'a jamais eu le mécontentement de se sentir désavouée. Dans la relation avec l'homme qu'elle a épousé, la mère a réalisé sa propre nature, avec chacun de ses désirs, chaque penchant, chaque attente et chaque espérance existentielle, et qui plus est de façon tout à fait personnelle.

Mais n'a-t-elle donc rien entrepris à titre privé et effectivement rien que pour elle-même? Oh que si, pendant des années, elle suivit des cours de chant, fit donner à sa voix une formation en règle, et fut membre d'une chorale donnant des madrigaux. Quant au piano, elle ne s'est pas contentée d'en jouer en certaines occasions, mais elle s'y est entraînée, et elle put accompagner ses enfants quand ils jouaient d'un instrument solo. Fut-ce bien tout? Après, elle a pourtant abandonné ces initiatives musicales en raison des circonstances, pendant les années de guerre et d'après-guerre; pourquoi n'a-t-elle donc rien repris plus tard, pourquoi n'a-t-elle plus cultivé aucun intérêt personnel? Mais pour quelle raison faudrait-il donc que cet intérêt personnel n'ait pas été sa famille? Elle était tout de même responsable d'un climat de bien-être aimable et de la compatibilité des humeurs, ainsi que des sympathies. N'est-ce donc pas là un grand exploit personnel, inestimable, que de créer pour un groupe de personnes une impression d'abri sûr, indestructible, qui va de soi? En cinquante-trois ans, son intégration dans ce groupe familial ne lui est jamais apparue comme un préjudice personnel, et pas non plus comme une erreur. Ainsi donc, cela ne peut pas avoir été une erreur, puisque, pour elle, cela n'en a pas été une.

Et d'un point de vue objectif? De toute manière, quand il s'agit d'un être cher, il reste toujours suffisamment matière à en porter le deuil, les veuves ordinaires le savent. Rien qu'ainsi, il lui manquerait bien assez. A-t-elle donc voulu porter sa souffrance à cette extrémité? Elle a tout fait pour. A elle de voir maintenant. Sans doute était-ce inconsidéré. Elle ne se plaint absolument pas.

*

Comme ils me font l'effet, déjà trois ou quatre mois après, d'être détachés de moi-même, ces passages! Ce que je relis sur la possibilité de la distraire semble ne pas avoir été dit par moi. « Il est facile de distraire la mère. Elle est très circonspecte dans ses propos sur sa propre personne, et même son chagrin, elle ne le montre que de façon allusive, et presque honteusement. Assaillie par le chagrin, elle a, pour ainsi dire, le sentiment de l'échec. »

Il faut parler du chagrin, même de lui, il faut parler de la mère avec un calme presque serein. On ne saurait, en brossant le tableau de son chagrin, escamoter le petit événement suivant : au beau milieu de la nuit, qu'avaient encadrée Corelli avant le sommeil et une prière matinale après le réveil, au beau milieu de la nuit, la mère a eu envie de manger quelque chose, et elle s'est levée, elle a mangé trois chocolats fourrés. Est-ce que par hasard il faudrait, pour autant, prendre ses sentiments moins au sérieux?

Ça lui porte sur les nerfs, à la fille, que la mère ne souffre pas systématiquement, méthodiquement et de façon continue, mais qu'elle soit sujette à des états d'âme, comme si elle n'était pas une veuve! Franchement, la mère est beaucoup trop sincère! Si complètement, intrinsèquement véridique. Elle avoue simplement tout, et, avec une préférence marquée, son enjouement dans l'affliction, le chocolat fourré en pleine nuit.

On se téléphone deux fois par jour. Deux fois par jour il faut s'attendre à ce que la mère soit éventuellement désemparée et tourmentée. Elle ne le dit pas, mais on l'entend à sa voix. Il lui arrive même d'avoir l'audace, tant son état est mauvais, de faire une réflexion à ce sujet. Mais qu'est-ce qui te prend? Sois donc maternelle, maman! Souviens-toi donc de ton rôle dans le jeu de la FAMILLE. Et s'il est vrai qu'en ce moment, tu es incapable d'être adulte, eh bien, ma foi, retrouve ta joie enfantine, et raconte une aventure insignifiante, pourquoi pas quelque chose du voisinage. A notre dernière conversation téléphonique, tu as pourtant fait une impression toute différente. Tu m'as lu un long extrait du texte de la pochette d'un disque, les unités de taxe t'importaient peu, tu m'as lu tous les détails sur la dernière apparition de Dinu Lipatti en concert public, sur la syncope qui l'avait frappé en plein milieu d'une sonate de Chopin – à supposer que j'aie été en mesure, heureuse et attendrie comme je l'étais à ton sujet, de t'écouter encore correctement –, et tu as toujours poursuivi ta lecture, enchaînant sur le miracle fascinant dont l'avait rendu capable alors une force qui émanait déjà de l'au-delà et n'était plus concevable : il a interprété pour le public comme envoûté par un message céleste la transcription pour piano d'une cantate de Bach, il est entré dans sa mort en jouant *Jésus que ma joie demeure.*

Ne faudrait-il pas le rappeler à la mère, se demande la fille, à cette mère tout angoissée et butée dans son humeur chagrine au cours de l'actuelle conversation téléphonique, lui rappeler aussi qu'elle devrait revenir à la joie et à la fierté, deux des sentiments positifs du précédent entretien téléphonique, car, somme toute, il avait été malaisé de se procurer ce disque : malaisé pour le fils aîné de la mère, qui vit assez loin d'elle et aura prochainement cinquante ans.

Il faudrait dire aussi : quelle mort précoce. Le père a vécu à peu près deux fois autant. Et puis : quel signe, quel avertissement, cette ultime musique du pianiste. Et Friedrich Schiller, cité peut-être un peu inexactement : ALORS TOUTE BEAUTÉ QU'ICI NOS YEUX ONT VUE / VIENDRA À NOUS AUX CIEUX DE VÉRITÉ VÊTUE. C'est en ce sens en effet que, depuis quelque temps, la fille sait comment s'y prendre avec la nature inconcevable du Beau. Le plaisir, du coup, ne lui semble plus tellement illicite. Y faire une petite allusion. Chercher à persuader la mère par des propos suggestifs.

Comment se fait-il donc que cette fois-ci, elle soit confiante au point de ne pas dissimuler son lamentable état? Tout cela est en rapport avec ses dents. Elle a un problème dentaire. Ces inepties bassement concrètes de notre condition naturelle n'arrêtent pas de la détourner de sa voie. Elle perd de vue tout objectif majeur. La prothèse dentaire pose, pour une part qui est loin d'être négligeable, un problème psychique, même le dentiste le sait. Mais tu as un bon dentiste, pas vrai, car ce dentiste semble disposer d'une sensibilité supérieure à la moyenne.

La mère admet la chose avec une hésitation morose. Voilà qui ne l'avance vraiment en rien. Les petits incidents concrets de la vie quotidienne qui la turlupinent la font retomber dans la grande tristesse pathétique. Au lieu de se réjouir, sous l'aiguillon d'une torture masochiste et comme pour s'en donner la confirmation vindicative, justement par égard pour le père décédé, de ce qu'ici-bas, dans cette existence terrestre et avec ce corps défectueux, on n'ait pas le loisir de goûter une paix durable. Fragilités, infirmités, plaies repoussantes et dégradations doivent, autant que les témoins de la beauté, être considérées comme des allusions, des indications, des avertissements.

Mais parfois, et hélas trop souvent, on ne désire

rien de plus, au fond, que la vie telle qu'elle s'offre ici-bas, ça suffit amplement, j'ai envie d'aller chez le dentiste, même ça, j'en prends mon parti car, comme j'ai pu voir en route ce panache de fumée, ça aura valu la peine. Que la fille ne soit pas perplexe, ne soit pas bredouillante plutôt qu'intarissable pour réconforter simplement la mère, au lieu de lui seriner constamment ces leçons mi-figue, mi-raisin sur la vie éternelle, il faut bien que la fille s'en fasse l'amer reproche. Si fait, au comble du désespoir, la fille se demande pourquoi elle est incapable de venir convenablement en aide à sa mère.

Je frémis en songeant au temps qui suivra mon rapport sur la mère. J'aimerais ne pas le conclure. J'aimerais ne pas être laissée en paix, ne pas en venir alors à ne plus prendre sur moi de faire des observations et des phrases, j'appréhende un tel temps dépourvu alors de raison d'être, je crains de ne plus me préoccuper suffisamment de ma mère. Il me faut rester aussi avide de savoir que maintenant. J'aimerais ne pas me détacher de ce travail de réflexion. J'aurai peur, dans l'avenir, si je ne note plus rien sur toi, d'aller te voir, de t'écouter, car je ne te regarderai plus avec autant de précision, et cette précision réduite sera intentionnelle, car je ne voudrai alors rien rencontrer qui ait auparavant échappé peut-être à ma vigilance. D'une manière ou d'une autre, j'ai peur de te négliger.

*

La mère s'informe sans ambages : Mardi prochain, je pourrai être avec vous, n'est-ce pas? Et pour ce jeudi que vous savez, je pourrai venir chez vous, pas vrai?

Quand il s'agit de dates problématiques, elle est tout bonnement forcée de sortir de sa réserve et de solliciter d'urgence une assistance de ses enfants. Tout ce qu'elle demande, au fond, c'est de la présence. Ce faisant, elle donne, d'une part, en dépit d'une grande timidité, l'impression d'être audacieuse, de l'autre, par contre, celle d'avoir un comportement carrément docile et mécanique, comme si elle obéissait, sans l'ombre d'un doute ou d'une question, à une loi. Comme s'il lui était enjoint et prescrit d'observer des points fixes dans le calendrier. Certains jours, tel est son sentiment, elle ne doit pas les passer seule. Comme si c'était de règle, il lui faut revendiquer l'aide de ses enfants.

Les enfants élaborent alors un projet pour une telle journée. Ils veulent en faire une belle journée pour la mère. De cette manière se forme en eux tous l'impression qu'en une telle journée, chaque minute exige d'être préservée de toute désespérance, voire même d'une simple disposition songeuse. Qu'allons-nous faire pour le premier anniversaire de la mort du père? Comment passerons-nous le cinquante-troisième anniversaire de mariage des parents? Celui-là aussi est le premier qui revient en l'absence du père et il tombera de surcroît, un surcroît de complication, hasard bizarre, un jeudi. Il y a cinquante-trois ans, c'était aussi un jeudi. Ça compte beaucoup pour la mère. Elle ne sait pas exactement pourquoi ça compte. C'est un être qui semble fait pour les émerveillements. Elle a la faculté de s'étonner vivement sans relâche. Nous nous occuperons sûrement de toi ce jour-là. Ça va de soi, tout de même.

Quand la fille qualifie ce qui va de soi comme allant de soi, elle se rend compte, à son grand dam, qu'elle touche à quelque chose dont l'écho en elle s'est tu depuis longtemps. Pour elle, rien ne va de soi. La mère, par contre, est la démonstration vivante de ce qui va de soi.

Ne t'en fais donc pas pour ce jour anniversaire, a dit la fille à la mère. L'aimable condescendance empressée, seule la fille la ressent, et elle en est écœurée, elle se dégoûte d'acquiescer à la gratitude de la mère, il n'y a pas de raison, la chose va vraiment tout à fait de soi, pourquoi la fille doit-elle toujours tenir de grands discours. Tout ce qui va de soi, tout ce qui est tendre, chaque signe tardif, pourtant toujours trop parcimonieux, la mère l'accueille comme un magnifique présent cher à son cœur. Tout comme s'il s'agissait d'une faveur spéciale, lorsque les enfants se souviennent et s'occupent d'elle, comme si les enfants avaient pitié de sa détresse. Ce n'est tout de même pas cela! Tel ne saurait, tout de même, être l'effet produit sur la mère.

Mais en son cœur, la mère ne trouve rien de répréhensible dans le comportement de ses enfants. Les enfants n'ont nullement besoin de modifier leur comportement. La mère a l'impression que ce qui, aux yeux de la fille, semble si crispé va tout à fait de soi pour les enfants.

La mère, pour qui les choses qui vont de soi ne supposent aucun effort, pour qui de toute façon cela passe inaperçu et ne présente aucun obstacle – en fait elle n'y pense pas –, la mère donc considère depuis peu une chose comme n'allant plus de soi, à savoir depuis qu'elle est seule et c'est bien la première fois dans sa biographie. Bien sûr, elle n'exagère pas ce sentiment d'embarras, même pour cela, elle est trop discrète. Il n'est pas dans sa nature de rapporter quelque chose exclusivement à elle-même. Certes, elle croit que les enfants modifient de bon cœur, pour lui complaire, ceci ou cela dans leur emploi du temps, afin de l'aider en ceci ou cela. Mais c'est une complaisance. Ce n'est pas une aumône. Cependant, c'est une chose étudiée, une chose organisée. Il faut bien que la mère soit reconnaissante.

La fille en est malade, de penser au sobre oubli de soi de la mère. La bonté de la mère, sa faculté d'aimer ne connaît pas de limites. Ce mot de la mère résonne aux oreilles de la fille : Une autre fois, mais seulement quand cela vous arrangera vraiment, on entreprendra ensemble quelque chose de joli. Tiens, à l'orée des bois, ce doit être le moment, maintenant, des colchiques dans les prés. Ce serait magnifique.

Comment les colchiques peuvent-ils bien venir si inopinément à l'esprit de la mère. La fille est entièrement sous le coup de l'attendrissement. Si loin d'elle il y a probablement quelque chose de facile à comprendre. Et la voici contrainte de la regarder de près : ceci est la nuque de ma mère. A force de douleurs dans les vertèbres cervicales, elle est un peu ankylosée. Voici la naissance des cheveux de ma mère, désormais presque tout blancs. UNE VIEILLE FEMME VEUVE TRAVERSE UN CARREFOUR. Pourtant, cet être, un jour, fut une mère avec qui il était permis, quand on était enfant, d'ôter la garniture de la tarte sans être pour autant obligé de manger le fond.

*

Un grand merci, ma petite maman, pour ce beau recueil de manuscrits.

Elle le croit plus précieux qu'il n'est, ce qui le rend plus précieux qu'elle ne suppose.

Je t'écris. Par hasard, nous avons écouté *La Belle Meunière*, une musique qui convient parfaitement aux pensées que je consacre à ma mère. Comme si ce cher Schubert l'avait composée pour la mère.

Quand je pense à elle du fond de l'absence, je

me sens déliée. Est-ce que je souhaite simplement être aimée de façon plus démonstrative et loquace?

La mère n'a pas été au cimetière, ne bredouille pas d'excuses, cela ne lui viendrait pas à l'esprit, elle parle sereinement de cette journée dépourvue de sentiment de culpabilité.

A chaque fois, je quitte mes phrases précipitamment. Je discours en inculpée laissée en liberté. C'est seulement à quelque distance de mon bureau que je réussis à reprendre haleine. Sans pitié pour moi et sans faux-fuyant, j'ai été moi-même deux heures durant. Mon moi n'était ni présomption à bon compte, ni fanfaronnade, ni pose. Cela ne t'inspire-t-il pas enfin, et une fois pour toutes, une confiance qui te remonte? Tu es effrayée et embarrassée, tu préférerais qu'on puisse tout simplement compter sur moi.

En se souvenant de cette visite un peu plus ample chez les enfants, de cet épineux après-midi avec le fils aîné et les deux belles-sœurs de sa fille, il ne revient à la pensée de la mère aucun trait saillant, sa fille est manifestement quand même trop nerveuse pour recevoir plusieurs invités à la fois. Avec une joie candide, la mère avait invité, en plus d'elle-même, ces parents comme convives. La première réaction de la fille, déjà, n'avait franchement pas été d'une cordialité bouleversante!

La mère et le frère aîné de la fille, ne respectant pas l'heure convenue pour la visite, étaient arrivés là une demi-heure trop tôt. Donc, personne ne leur avait ouvert, et il leur avait fallu faire un petit tour. La mère avait gelé. Elle n'avait pas de quoi se couvrir la tête. En plus, voilà qu'elle parle, sans y entendre malice, de sous-vêtements insuffisamment chauds. Bon, mais pourquoi êtes-vous venus tellement en avance! D'ailleurs, de notre côté, nous avons bien fait encore une petite promenade hygiénique.

On peut lire sur le visage un peu pâlot et encore frigorifié de la mère ce dont elle a envie maintenant : une boisson chaude et une maison confortable et bien chauffée. Je ne remonte pas le thermostat. Nous nous étions proposés, puisque nous devions être si nombreux, de servir des boissons froides. Arrivent les deux autres invitées. Je ne propose pas de thé chaud, je ne propose pas de café chaud, je n'ai pas l'intention, n'est-ce pas, d'utiliser plusieurs récipients, de faire beaucoup de cérémonies, non, ma petite maman, aujourd'hui, il n'y aura que des choses réservées aux grandes personnes, des choses salées pour accompagner les boissons alcoolisées des grandes personnes, et je ne mentionne pas même le thé ou le café, ni les gâteaux, pas question que je m'informe de tes désirs, et toi non plus tu n'en parles pas, car il y a belle lurette que mon attitude et toute cette atmosphère ici t'ont intimidée. Tu prendras ce qu'on te proposera. Je suis revêche au fond de moi-même, je serais incapable maintenant de mobiliser encore en moi rien de spontané. Et voici que tous manquent d'entrain. Mon offre a l'air méprisable, tout comme un affront, je vous fais sentir à tous que j'expédie cette invitation, qui m'a été infligée, uniquement par devoir, le cœur vide.

Tous les sujets de conversation sont empoisonnés. Comme par contamination, la mère, elle aussi, ne raconte plus que des niaiseries. Maintenant, chaque mot de plus ne peut que l'écorcher. Plus tard, à la seule vue de la boîte de biscuits que ma mère a apportée si gentiment, et dans l'espoir de recevoir à manger quelque chose de plus intéressant, je me mettrai à chialer. La boisson chaude continue à lui faire défaut. Tout à la ronde, c'est la tendresse et l'amour qui font défaut. Rien que des propos qui sonnent faux : sur les cadres en stuc des portraits des ancêtres, sur les médecins. Petit à petit, la mère se rend compte qu'on l'attaque, et voici qu'elle se lance dans des propos rétifs, elle a déjà l'air de manquer tout à fait d'imagination. Je lui reproche comme une trahison à l'égard du père ce qui, pour elle, est une obligation : elle ne veut plus faire rénover les vieux cadres, parce que cela reviendrait trop cher, elle veut tout simplement acquérir des cadres neufs pour les toiles qui représentent les ancêtres. Mais tout ça est insensé, déraisonnable! Des cadres neufs! Ne vois-tu donc pas que ce serait un sacrilège? Faut-il croire que cinquante-quatre ans d'intégration à la sensibilité de papa n'ont produit aucun effet? Les objets anciens te seraient-ils effectivement à ce point inutiles?

Et la sensibilité de la mère? D'ores et déjà, c'est du masochisme. Inconsciemment, elle tient à ce qu'on la blesse de plus en plus rudement. Maintenant, je peux à peine te supporter! Maintenant, je t'aime sans réserve.

Il m'a fallu laisser partir la mère satisfaite à moitié seulement de cet après-midi, elle n'a pas les idées claires en ce qui concerne celui-ci, elle le trouve un peu discordant, pas tout à fait rassurant – mais elle ne s'en offusque pas trop. Ce fut ainsi, que voulez-vous, voilà tout. Cette fois-ci, elle s'endormira sans éprouver de sentiments exaltés. Mais mon cauchemar principal à moi, celui de mon attitude revêche, elle ne le fait pas. Il ne survient pas en elle, dans aucun sommeil, ni dans aucun moment de veille.

*

Ce dont je parle ne regarde personne. Parler de ce qui ne regarde personne. Si j'en discutais avec toi, tu répondrais incontinent : Alors, ne le fais donc pas! Je parle du premier anniversaire du jour du décès de papa, de la journée passée sans le père, par exemple. Oh, ne le fais donc pas, te contenterais-tu de me proposer gracieusement, sans avoir été questionnée, sans y avoir été nullement invitée. Cependant, de temps à autre, tu me regardes comme si tu appréhendais quelque chose.

J'ai tout de même passé le jour anniversaire de la mort, pour moitié, en compagnie de la mère.

Pour moitié! Mais bon Dieu, pourquoi donc pas entièrement, corps et âme, avec des moments creux et de façon incontrôlée? Pourquoi pas à l'improviste, en commençant au hasard, tôt dans la journée, pour aller jusqu'à un terme imprévu dans l'oubli de soi, sans jeter un coup d'œil sur la montre, sans remuer dans la tête de quelconques projets qui n'aient rien à voir avec cette date. Et pourquoi pas aussi et à plus forte raison dans la soirée? N'est-ce pas précisément la soirée passée seule dans la maison qui doit être le plus pénible à supporter pour la mère? Ne s'est-elle pas trouvée, après le départ des enfants, cette fois pour de bon un petit peu trop seule, passablement seule, en pleine déconfiture? Laissée à l'abandon par moi, complètement désemparée? Mais c'est absurde! C'est vraiment terrible cette façon de te mettre toujours martel en tête! A moi, ta mère, ça me fait vraiment mal au cœur.

Déjà lors de la planification de cette journée, la fille s'était prescrit du repos pour la soirée. Quelques heures de régénération, et l'on disposerait de nouveau pour le lendemain d'une journée propre à l'observation du monde intérieur et du monde extérieur. Pour la détente du soir, elle avait compté sur une bonne conscience de premier ordre ou presque. Mais l'unique certitude était qu'après tant d'heures qui lui auraient été sacrifiées, la mère, le soir venu, ne s'insurgerait pas, ne se mettrait pas à quémander soudain : Restez donc encore! Qu'elle ait invité les enfants à rester plus longtemps, c'est autre chose. Je n'ai pas besoin de monter en épingle tout et n'importe quoi pour me culpabiliser, se dit la fille, tout en ressentant une défaillance d'amour comme une faute, rien n'y fait. La mère a énuméré les bons plats qu'elle pourrait servir aux enfants pour le cas où ils resteraient quand même à dîner. Ma faute ne consiste pas en une insuffisance de sentiments, se dit la fille, mais bien plutôt dans leur excès, il se pourrait que cela entrave les actes.

Un coup d'œil involontaire en arrière sur la mère : franchement honteuse, tout comme si, d'avoir l'impertinence de parler, elle commettait un petit forfait, elle demande à la fille : Penses-tu qu'un jour ça pourrait être mieux, la solitude? Mais il y a tout de même fort longtemps que ça va assez bien, sois donc juste, dans l'ensemble, ça s'est étonnamment bien arrangé, tu as pris tes dispositions, et tout s'est normalisé, pas vrai? Oh oui, au fond, tu as raison. Tu sais, ce n'est qu'un nuage qui a passé.

En prenant congé, on pouvait sans risque demander à la mère : Tu ne vas pas être triste, maintenant, hein? Après toutes ces heures en notre compagnie, ne vas-tu pas maintenant te sentir seule ce soir? Viendras-tu à bout de la soirée? De magnifiques questions pièges, prodigieusement suggestives. Il suffit de connaître un tant soit peu cet être affectueux et bien intentionné, sage et modeste, cette mère, pour savoir d'avance ce que seront ses réponses. Elle a même un certain coup d'œil pour les scrupules de sa fille et, cette fois-ci, elle n'admettra pas simplement, comme un enfant qui se plie à la raison des personnes adultes, que maintenant, tout est en ordre. Elle donnera l'impression d'avoir mis de l'ordre en elle, d'être raisonnable. Peut-être que moi-même je ne prendrai rien ce soir. Vous non plus, pas vrai, vous n'avez plus faim. Et toi, tu as même dit que tu avais l'estomac encore noué. La mère n'a pas enregistré comme une faute de goût que la fille cherche à lui faire prendre intérêt au programme de télévision. Comme l'émission qu'elle proposait à la mère était un show super-débile, elle eut l'audace d'ajouter : Papa serait parfaitement d'accord pour que tu te changes les idées et que tu gémisses sur quelque chose de tout à fait différent.

Substituer la misère des tubes allemands à la tienne! Tu n'en as pas pris la défense. Nous avons encore transbahuté toute une collection de numéros de la *Jugend*, cette fois ceux de l'année 1899, et tu nous en as vivement remerciés.

Avant notre départ, le téléphone sonna. A d'aimables personnes de sa connaissance qui, apparemment, lui adressaient une invitation, la mère répondit : Mille mercis, mais ce n'est pas la peine que vous entrepreniez une excursion avec moi, mes enfants s'en chargent, voyez-vous. C'était inexact, mais elle ne s'en aperçoit guère. On a effectivement des projets, après tout. La mère raconte : Elle m'a demandé au téléphone si je ne me sentais pas trop seule. J'étais si fière, tout de même, de pouvoir répondre : Justement, mes enfants sont là, en visite.

Maintenant, la mère a tout l'air d'une enfant, et moi celui d'un être supérieur : n'est-ce pas là une offense? A elle, désormais, d'avoir besoin de protection, de leçons aussi, de directives, et pourtant, par le passé, ce rôle fut le mien, à quelle époque lointaine déjà fut-ce donc elle qui me soutenait, mais, en ce temps-là, avec une discrétion telle que je n'ai pas eu à le ressentir comme un témoignage de générosité et d'abnégation. Il ne me serait jamais venu à l'esprit de ressentir l'impression d'une dette à son égard. Maintenant, c'est elle qui a une ardoise chez moi. Maintenant, tout est aussitôt une action. Ce sentiment est trop tardif, trop pressant, trop vain. La mère avait trouvé plus agréable cet amour des temps anciens pour nous deux, bien plus inaperçu. Tout ce qui est emphatique lui est complètement étranger, la fait reculer, elle n'y comprend trop rien, ça l'embarrasse.

*

Pour quelle raison m'a-t-il fallu près d'un an pour prendre conscience à ce point de la portée du veuvage de la mère? Pour quelle raison ne me suis-je décidée qu'aussi tardivement à l'exigence la plus rigoureuse : la présente observation? C'est qu'aussitôt après la mort du père, la mère paraissait tout de même presque moins naïve, moins profane, moins novice au pays de la tristesse, distraite qu'elle était par des pensées tristes. Plus tard seulement, elle a trouvé choquante la solitude au milieu du train-train quotidien, et ce train-train, elle n'a nullement su le dominer de façon active et vivante, elle a été entraînée dans son cours, et ce fut le début d'une seconde tristesse semblable à une maladie secondaire, une grande conscience du vide autour d'elle. Elle n'est pas ainsi faite qu'elle puisse échapper à l'horreur de la solitude. Moi-même, je n'ai pu autrefois m'arracher tout de suite au matériau de toutes ces tristesses.

Avec étonnement, j'évolue au milieu d'un miracle. Je suis contente. Je ne ressens pas la griserie du désespoir et de la faute. Le deuil, la nostalgie, l'espoir, la tendresse et même la rage éprouvée pour toutes mes défaillances, ont en ce moment conclu une convention sereine. Sans qu'il m'en coûte, je songe à ma mère, en plein dans le brouillard, j'y vois parfaitement clair. Oui, c'est une veuve.

Tout me tombe sous le sens. Je ne resterai pas toujours dans cette disposition. Dès demain, peut-être, je vais de nouveau être plantée là, comme si j'avais les mains vides, ou alors, je vais me retrouver chargée au possible de révoltes, hostile à tout accord. Jusqu'au jour où je pourrai quand même redire : C'est une veuve, eh oui, et pourquoi pas? En portant sur elle un jugement serein, j'arrive à un résultat tangible. Je fais tous mes efforts pour la décrire. J'écris des phrases pour lesquelles je veux me donner du mal. Les circonstances actuelles n'aboutissent à rien d'autre qu'à des sentiments actuels, rien qu'à l'aversion ou à l'exaltation, à la haine ou à l'adhésion, à la maladresse dans l'amour. Ce n'est que par le truchement de mes phrases qu'il m'est possible de parvenir à un jugement serein sur toi et de dire OUI, TU ES UNE VEUVE.

Mais je t'en prie, promets-le-moi : n'exagère pas comme ça! Promets-moi, dit ma mère, de t'offrir une fois un week-end paisible, et veille aussi à ne pas fumer tant de cigarettes! Moi, je vais très bien. Tu ne sais pas ce que j'ai vu en rentrant de mes courses? Il faudrait que bientôt, tant qu'il y aura de la neige, vous le voyiez aussi, vraiment. Dans le champ, derrière l'arrêt du bus, il y avait cinq beaux chevaux, brusquement, comme ça. D'abord je n'ai pas voulu en croire mes yeux, je dus vraiment y regarder à deux fois! Pour un peu, j'aurais dit que les chevaux broutaient. Mais il y avait une couche de neige, tout de même. Les chevaux grignotaient la neige. De leurs lèvres, ils essayaient de la rendre un peu meuble, et de trouver dessous quelque chose, mais sûrement en vain, vu que le sol était gelé, et dur comme de la pierre. Donc, mes enfants chéris, je vous souhaite une bonne nuit, c'était vraiment étrange et beau à voir.

Cet ouvrage
a été composé
et achevé d'imprimer
en janvier 1989
par l'Imprimerie Floch à Mayenne
pour les Éditions Albin Michel

N° d'édition : 10561. N° d'impression : 27530.
Dépôt légal : février 1989.

Imprimé en France